Ivonne Haug

Vitamin B

Roman

Zu diesem Buch

SOS! Ein neuer Job muss her! Doch arrogante Personalchefs, kinderliebe Firmenchefinnen und betrügerische Ladenbesitzer machen Alexa das Leben schwer. Da hilft nur noch Vitamin B! Ein Bekannter ihrer ungeliebten Großtante macht Alexa ein verlockendes Angebot.
Traumjob oder Albtraum? Alexa wird auf eine harte Probe gestellt. Doch dann wendet sich das Blatt …

Ivonne Haug, Jahrgang 1970, lebt in Schwieberdingen bei Stuttgart und hat bei der Arbeitssuche selbst schon höchst Kurioses erlebt.

Bibliografische Information der
Deutschen Nationalbibliothek:

Die Deutsche Nationalbibliothek verzeichnet diese Publikation
in der Deutschen Nationalbibliografie; detaillierte bibliografische Daten sind im Internet über dnb.d-nb.de abrufbar.

© 2009 Ivonne Haug
Herstellung und Verlag: Books on Demand GmbH,
Norderstedt
Umschlaggestaltung: Thomas Haug
ISBN 978-3-8370-3480-6

Für Carmen

„Roth?"

„Hier spricht Volker Schmidt. Guten Tag, Frau Roth."

„Herr Schmidt, hallo!" flötete ich freudig überrascht in den Telefonhörer.

„Ich habe gute Nachrichten für Sie, Frau Roth. Wir würden Sie am Dienstag um 15.00 Uhr gerne zu einem zweiten Gespräch einladen."

Triumphierend ballte ich die Hand zur Faust und versuchte das alberne Grinsen zu verdrängen, das sich unwillkürlich auf meinem Gesicht ausbreitete.

„Wie schön! 15.00 Uhr passt perfekt."

„Ausgezeichnet, Frau Roth. Unser Geschäftsführer Herr Schmalzried möchte Sie ebenfalls gerne kennenlernen."

„Das freut mich. Ich danke Ihnen sehr für die Einladung, Herr Schmidt."

JA – JA – JA! Pfeifend schob ich einen imaginären Rasenmäher durchs Wohnzimmer und wippte dabei rhythmisch mit den Hüften. Ich WUSSTE es!

Ich hatte meinen ganzen Charme ausgepackt, um die zwei gesetzteren Herren der Firma Rasenmäher-Rummel von meiner Kompetenz zu überzeugen und das war mir ganz offensichtlich auch gelungen.

Nach kurzer Beschnupperungsphase hatte der kaufmännische Leiter Herr Schmidt ein paar lustige Anekdoten aus der Firma erzählt, während Herr Schofer, der Vertriebsleiter und somit mein künftiger Chef, schüchtern dazu genickt und gelegentlich die ein oder andere Ergänzung beigesteuert hatte.

Ich hatte brav an den dafür vorgesehenen Stellen gelacht, was mir nicht wirklich schwergefallen war.

Mit einem sehr guten Gefühl hatte ich mich schließlich entspannt nach einer knappen Stunde von meinem Kaffeekränzchen verabschiedet.

* * * * *

Als Holger von der Arbeit kam, tanzte ich immer noch.

„Was ist denn mit dir los?" fragte er verwundert.

„This is Rasenmäher-Woman, Baby!" sang ich ausgelassen und küsste ihn schmatzend auf den Mund. „Ich habe ein zweites Gespräch bei Rasenmäher-Rummel! Den Job habe ich schon so gut wie in der Tasche!" freute ich mich.

Holger grinste. „Irgendwie kommt mir dieser Spruch merkwürdig bekannt vor. Bist du nicht auch nach deinem zwanzig-Minuten-turbo-Gespräch bei der Firma Gewürz-Maier sehr siegessicher aus der Schlacht heimgekehrt?"

„Wie oft möchtest du mir das eigentlich noch unter die Nase reiben?" fragte ich leicht genervt. Die Szene war derart blamabel gewesen, dass ich keinen gesteigerten Wert darauf legte, unaufhörlich daran erinnert zu werden.

Meiner Logik nach konnte der Geschäftsführer eines Unternehmens, das mit Gewürzen handelte, durchaus Vegetarier sein. Also hatte ich die höchst verdächtige Frage „Haben Sie eine Affinität zu Fleisch- und Wurstwaren?" energisch verneint, um gleich am Anfang des Gesprächs ein paar Sympathiepunkte einzuheimsen. Dies entsprach zwar nicht der Wahrheit, aber beim Kampf um einen Job war eine klitzekleine Notlüge ja wohl erlaubt. Man hatte mich danach zwar relativ schnell, aber durchaus nicht unfreundlich verabschiedet.

Nach meinem begeisterten Bericht hatte sich Holger hysterisch lachend aufs Sofa geworfen und war minutenlang nicht ansprechbar gewesen. Später hatte er mir freundlicherweise erklärt, dass die Firma Gewürz-Maier unter anderem Marinaden für Grillfleisch herstellte.

„Gib doch zu, dass du am Ende selbst drüber lachen musstest!"

„Mag ja sein", stimmte ich ihm widerwillig zu. „Aber wer möchte schon wochenlang mit seinen Misserfolgen konfrontiert werden."

„Okay, schuldig im Sinne der Anklage! Jedenfalls freue ich

mich für dich und drücke dir die Daumen. Vielleicht ist ja bald ein Ende deiner Arbeitslosigkeit in Sicht."

Das hoffte ich wirklich aus tiefstem Herzen. Der Verlag, bei dem ich die letzten fünf Jahre gearbeitet hatte, war vor einigen Monaten geschlossen worden und seither war ich mehr oder weniger – eher weniger – erfolgreich auf der Suche nach einem neuen Job.

Die Zeit zwischen den Vorstellungsgesprächen vertrieb ich mir mit gelegentlichen Übersetzungen für unseren neuen Nachbarn Finn, der ein Ein-Mann-Übersetzungsbüro besaß.

Ansonsten war Langeweile angesagt. In meiner Not hatte ich mir den Putzeimer gegriffen und unsere Wohnung einer Generalsäuberung unterzogen. Des weiteren wurde der Keller von überflüssigem Gerümpel befreit und die Küchenwände erhielten einen neuen Anstrich in Sonnenblumengelb.

Meine Schwester Heidi, die meine Abneigung gegen übertriebene Hausarbeit teilte und mit drei kleinen Kindern auch ohne exzessive Putzorgien ausgelastet war, kommentierte meinen hausfraulichen Eifer mit mildem Spott.

Normalerweise verglichen wir jeden Monat die Höhe unserer Bügelberge und wer strebermäßig den niedrigeren hatte, musste zur Strafe einen ausgeben. Das war so gut wie immer ich, was nicht an meinem Bügeleifer lag, sondern daran, dass Heidi mit einem Fünf-Personen-Haushalt klar im Vorteil war.

* * * * *

Ich tauchte den Pinsel in einen Topf mit Krakelierlack und versuchte, mich zu konzentrieren. Leider kreisten meine Gedanken ununterbrochen um mein Gespräch mit dem Geschäftsführer der Firma Rasenmäher-Rummel.

Mist, schon wieder daneben. Seufzend wischte ich den dicken Lackklecks weg. Nicht einmal mein liebstes Hobby konnte mich heute von meiner Nervosität befreien.

Ich hatte ein Faible für altes Mobiliar und konnte mich

stundenlang in meiner Werkstatt verkriechen, um alten Bilderrahmen zu neuem Glanz zu verhelfen oder den Bezug eines zerschlissenen Sessels zu erneuern.

Zum Glück hatte Holger Verständnis für meinen Fimmel und ließ mir bei unserer Wohnungseinrichtung total freie Hand. Das Sammelsurium aus Antiquitäten und einigen neuen Designerstücken ergänzte sich denn auch wirklich perfekt. Da hatte ich ein Händchen für.

Dieses wollte mir allerdings heute so gar nicht gehorchen, weshalb ich schließlich aufgab und die Lackdose sorgfältig wieder verschloss. Der wunderschöne alte Bilderrahmen, den ich neulich auf dem Flohmarkt erstanden hatte, war wirklich zu schade für einen schlampigen Anstrich.

* * * * *

Ich drehte mich vor dem Spiegel und war mit meiner Erscheinung äußerst zufrieden: weiße Jeans, hellbrauner Rolli, schwarzer Blazer – perfekt! Sogar meine widerspenstige Naturkrause sah heute richtig gepflegt aus. Auf zu Rasenmäher-Rummel!

Bestens gelaunt stieg ich in meinen heiß geliebten, alten Fiat 500. Dank Holgers wochenlangem Einsatz und meinen letzten Notgroschen war aus der alten Karre ein top restauriertes Unikat geworden. Der lilafarbene Lack schimmerte wie Seide – so ein Schmuckstück gab es kein zweites Mal!

Ich schob mir die Sonnenbrille auf die Nase und meine Lieblings-Fischer-Z-CD in den Player. „Oh Marliese...", sang ich laut mit, während ich sportlich auf den Besucherparkplatz der Firma Rasenmäher-Rummel einfuhr.

* * * * *

Nachdem wir die Begrüßungszeremonie nebst damit verbundenem Small Talk hinter uns gebracht hatten, ging das übliche Prozedere los.

Für Herrn Schmalzried, den überraschenderweise sehr jungen Geschäftsführer der Firma Rasenmäher-Rummel, musste ich noch einmal meinen Lebenslauf aufsagen. Nicht schon wieder ...

Innerlich drehte ich die Augen gen Himmel und fing zu erzählen an.

Leider war Herr Schmalzried durch eine unkoordiniert herumfliegende Stubenfliege etwas abgelenkt, sodass ich mich ständig wiederholen musste. Ich wusste bald nicht mehr, ob ich genervt oder amüsiert sein sollte.

„Und außerdem würde ich meine Fremdsprachenkenntnisse gerne wieder verstärkt einsetzen. Aber das hatte ich den Herren Schmidt und Schofer ja bereits erläutert", schloss ich meinen Vortrag.

„Ja, Frau Roth sagte uns ..."

„Schon gut, Herr Schmidt!" fiel ihm Herr Schmalzried ins Wort und wandte sich dann wieder an mich.

Ich lächelte etwas irritiert. Saßen die beiden nur zur Dekoration dabei? Bis jetzt waren sie jedenfalls noch nicht zu Wort gekommen.

„Frau Roth, wäre es ein Problem für Sie, hin und wieder bei Videokonferenzen mit unseren Partnern in den Vereinigten Staaten zu dolmetschen? Leider sprechen nicht alle Mitglieder der Führungsebene", strenger Seitenblick auf Herrn Schmidt, „ausreichend gutes Englisch."

„Nun ja, so etwas habe ich noch nie gemacht ...", sagte ich etwas zögerlich. Das Gespräch entwickelte sich irgendwie in eine merkwürdige Richtung. Ich hatte mich eigentlich als Sachbearbeiterin für die Abteilung Kundenbetreuung beworben. Sollte ich hier als eierlegende Wollmilchsau verheizt werden?

„Herr Schmidt hat Sie doch sicher bereits darüber informiert, dass wir neben der ausgeschriebenen Stelle zusätzliche Vakanzen haben, die wir gerne aus dem Bewerberpool besetzen möchten. Durch Ihre Sprachkenntnisse sind Sie für die Stelle als Assistentin der Geschäftsleitung eine interessante Kandidatin."

Ich wusste nicht, ob ich mich geschmeichelt fühlen oder verärgert sein sollte.

„Nun, ich ..."

Herr Schmalzried lächelte milde. „Ich bin mir sicher, Sie treffen die richtige Entscheidung! Die Stelle soll ab Mai neu besetzt werden. Dadurch dürfte ein reibungsloser Übergang gewährleistet sein, da Ihre Vorgängerin noch bis Mitte Mai bei uns tätig ist. Die Betreuung unserer Partner aus Übersee, die Anfang Mai im Hause sind, könnten Sie beide dann gleich gemeinsam übernehmen. Learning by doing, sozusagen." Er lachte gackernd.

Ich schluckte trocken. In der ersten Woche würde ich möglicherweise gerade mal den Weg zu meinem Arbeitsplatz finden. Betreuung der Partner aus Übersee – der Schmalzried hatte vielleicht Nerven! Was hieß gleich noch mal Rasenmäher auf Englisch?

In meine Gedanken hinein klingelte das Handy von Herrn Schofer.

„Herr Schofer, bitte!" schnauzte ihn Herr Schmalzried an, noch bevor dieser seinen Namen sagen konnte. Wie ertappt drückte Herr Schofer sofort panisch die Auflegen-Taste und verstaute das Handy mit hochrotem Kopf in seiner Jackentasche.

Doch, super Betriebsklima – so stand es ja auch in der Stellenanzeige. Ich schaute zu Herrn Schmidt, der verlegen lächelte. Ich verglich die beiden Gespräche und stellte fest, dass der Schmalzried'sche Jungdynamiker dabei nicht gut wegkam. Und dass ich eigentlich nicht enger mit ihm zusammenarbeiten wollte.

Herr Schmalzried blätterte geschäftig in meiner mit seinen Bemerkungen vollgesudelten Bewerbungsmappe herum. Super, die konnte ich also auch wegwerfen.

„Dann wären wir soweit durch, Frau Roth. Ihren Gehaltswunsch hatten Sie bei Herrn Schmidt ja schon angegeben."

Wie bitte? Als Assi der Geschäftsleitung müsste doch wohl ein bisschen mehr herausspringen!

Ich wagte einen Vorstoß. „Mein Gehaltswunsch war eigentlich auf die Sachbearbeiter-Stelle bezogen und ich finde, dass die größere Verantwortung als Assistentin auch entsprechend vergütet werden sollte."

„Das tut mir leid, Frau Roth, aber in dieser Beziehung kann ich Ihnen leider nicht entgegenkommen. Schließlich investieren wir eine Menge Zeit und Geld in unsere neuen Mitarbeiter, bis die volle Leistungsfähigkeit erreicht ist. Wobei Sie die jährliche Gehaltsanpassung von einem halben Prozent natürlich gleich ab dem nächsten Jahr erhalten."

Das war ja überaus großzügig! War an dieser Stelle eine Dankbarkeitsbekundung meinerseits gefordert?

„Haben Sie darüber hinaus noch Fragen? Nein? Sie hören wieder von uns!" Damit streckte mir Herr Schmalzried flüchtig seine labberige Hand entgegen und stakste aus dem Raum.

Herr Schofer, Herr Schmidt und ich blieben zurück.

„Sie fahren einen Cinquecento, nicht wahr?" durchbrach Herr Schmidt das verlegene Schweigen.

Ich nickte, dankbar dafür, dass ich kein Statement über das Gespräch mit Herrn Schmalzried abgeben musste.

„Ich habe Sie vorhin auf den Parkplatz fahren sehen. Das Auto würde meiner Tochter auch gefallen!" meinte er lächelnd.

Ich lächelte zurück. „Ja, der macht echt Spaß! Auf Wiedersehen, Herr Schmidt! Tschüss, Herr Schofer!"

Herr Schofer murmelte verlegen irgendetwas Unverständliches. Am liebsten hätte ich ihn an meine Brust gedrückt und ihm über sein schütteres Haar gestreichelt. Die beiden alten Knacker taten mir echt leid, die hatten sicher nicht viel zu lachen.

* * * * *

11

„Und tschüss – es hat sich ausge-Rummel-t!" Deprimiert saugte ich an meinem Milch-Shake.

Heidi sah mich mitfühlend an. „Wer weiß, wofür es gut ist", meinte sie.

„Ja, das sage ich mir nach jeder neuen Pleite auch immer wieder. Aber ich finde, dass ich nach 48 Bewerbungen endlich einen Volltreffer verdient hätte."

Heidi lachte.

„Schätzchen, wenn es danach ginge ... Der Cousin von Inge hat schon 92 Bewerbungen geschrieben und hat immer noch keinen Job. Und das mit einem Architekturstudium. Werde doch einfach schwanger, dann kannst du dich über Lange-weile bald nicht mehr beklagen."

Ja, doch - das war nicht zu übersehen: Jonas und Lukas spielten gerade Verstecken hinter den Übergardinen, was enorme Staubwolken erzeugte, und Markus lochte die Seiten des neuen 24-teiligen Bertelsmann-Lexikons.

Ich bemerkte einen dicken Schokoladenfleck auf dem hellen Sofa und brachte meine weiße Jeans durch unauffälliges nach-rechts-Rutschen aus der Gefahrenzone.

„Lieber Himmel, ich bin doch erst 28 – das hat ja wohl noch Zeit!"

Heidi verdrehte die Augen.

„Warte nur, auch deine biologische Uhr fängt irgendwann zu ticken an."

„Wenn du in nächster Zeit unbedingt Tante werden willst, würde ich mich an deiner Stelle nicht ausgerechnet auf mich verlassen. Wie geht es eigentlich Elly? Ist sie jetzt endlich schwanger?"

Elly war die Cousine meines Schwagers Erik, seit einem Jahr glücklich verheiratet und total im Kinderfieber.

„Ach so, das habe ich dir ja noch gar nicht erzählt. Die letzten Untersuchungen haben ergeben, dass sie tatsächlich keine Kinder bekommen kann. Jetzt ist sie ziemlich am Ende", meinte Heidi mitfühlend.

„Die Arme! Aber wenigstens hat sie einen spannenden Job beim Radio!" sagte ich neidisch.

Heidi schaute mich fassungslos an. „Also weißt du, Alexa, manchmal bist du echt taktlos!"

* * * * *

Zu Hause angekommen griff ich mir eine Tafel Nuss-Schokolade und ließ mich aufs Sofa fallen. Wieder eine Pleite! Mein Bauch sagte mir, dass ich für den unsympathischen Herrn Schmalzried eigentlich nicht arbeiten wollte, während mich mein Kopf zur Vernunft mahnte und an mein leeres Konto erinnerte. Heutzutage konnte man eben nicht mehr so wählerisch sein. Das Leben war schließlich kein Wunschkonzert. Während Kopf und Bauch weiter stritten, schlurfte ich auf der Suche nach ein paar verbalen Streicheleinheiten zum Telefon.

Der Anrufbeantworter blinkte hektisch: „Sie haben drei neue Nachrichten. Nachricht eins: Hallo Alexa, hier ist Mama. Ruf mich doch bitte mal zurück, ja?"

Mom ließ sich dazu herab, eine Nachricht aufs Band zu sprechen? Ich ahnte Böses. Sicher ging es um Großtante Hildes 70. Geburtstag, um den ich mich eigentlich drücken wollte. Der Rückruf konnte also noch warten.

„Nachricht zwei: Hallo, ich habe deine Anzeige in der Zeitschrift ,Bikerfreunde' gelesen. Falls die Honda noch zu haben ist, kannst du mich unter 37185 zurückrufen."

Ich runzelte die Stirn. Anzeige? ,Bikerfreunde'? Der hatte sich doch sicher verwählt! Kurzerhand drückte ich die Löschen-Taste.

„Nachricht drei: Guten Tag, mein Name ist Evelyn Wolf von der Firma Greiner. Sie hatten sich bei uns beworben und wir möchten Sie gerne persönlich kennenlernen. Bitte rufen Sie mich unter der Durchwahl 901 an, damit wir einen Termin vereinbaren können."

Was? Ein Vorstellungsgespräch? Bei der Firma Greiner? Verpackungs-Greiner? Die mit den edlen Pralinenschachteln und Weinverpackungen? Der Tag war also doch noch nicht verloren! Ich griff sofort zum Hörer.

* * * * *

„... und ich soll gleich morgen Vormittag vorbeikommen! Ist das nicht super?" schloss ich atemlos. Ich saß neben Holger auf dem Sofa und schnatterte aufgeregt auf ihn ein. Seit meinem Gespräch mit Frau Wolf war meine schlechte Laune schlagartig verflogen.

„Hat Heiko zufällig auf den Anrufbeantworter gesprochen? Wir wollten uns für Samstag zum Badminton verabreden."

Ich schüttelte den Kopf.

„Nein. Aber meine Mutter hat angerufen. Sicher geht es um Großtante Hildes Geburtstag."

Ich schnitt eine Grimasse. Mein Verhältnis zu Tante Hilde war nicht gerade ungetrübt. Vor fünf Jahren hatte sie sich zu ihrem 65. Geburtstag etwas Besonderes ausgedacht: Sie hatte einen Bus samt Fahrer gemietet und die ganze Verwandtschaft zum Flammkuchen-Essen ins Elsass gekarrt. Da meine Tante nach dem Tod ihres Mannes ein nicht unbeträchtliches Vermögen geerbt hatte, waren ihre Geburtstagsfeiern immer gut besucht. Schließlich wollte sich jeder im besten Licht zeigen, was mir an jenem Tag nicht wirklich glückte.

Busse zählten seit jeher nicht zu meinen liebsten Fortbewegungsmitteln und so kam es, wie es kommen musste. Bereits nach den ersten zwanzig Kilometern war mir sterbenselend und ich dachte mit Grausen an die Rückfahrt. Nach weiteren zwanzig Kilometern musste ich mich übergeben. Tante Hilde reichte mir hoheitsvoll eine Plastiktüte, die dummerweise ein Loch hatte. Leider bemerkte ich das erst, nachdem ich mich bereits ausgiebig erbrochen hatte und so musste ich den ganzen Tag in meiner vollgereiherten Hose herumlaufen.

Tante Hilde trug ihr Übriges zu meinem Wohlbefinden bei, indem sie in meiner Gegenwart ständig die Nase rümpfte und mich missbilligend ansah. Seit diesem Tag war sie bei mir unten durch und ich hatte auf die Teilnahme an weiteren Feiern unter mehr oder weniger glaubwürdigen Ausreden verzichtet.

„Ach ja, es war noch eine Nachricht auf dem Anrufbeantworter", fiel mir plötzlich ein. „Da hatte sich einer verwählt, der eine Honda kaufen wollte. Witziger Zufall, was? Habe ich gleich gelöscht!" Ich lachte.

Holger wurde auf einmal hellhörig. „Was hast du gelöscht?"

Ich winkte ab. „Ich sagte doch, der hatte sich verwählt. Wenn du deine geliebte Honda verkaufen wolltest, wüsste ich das ja wohl!"

Haha! Das Bike verkaufen! Was für ein absurder Gedanke. Wobei ... Ein Blick in Holgers Gesicht sagte mir, dass der Gedanke ... womöglich doch nicht so absurd war?

Ich sah ihn fragend an. „Habe ich irgendwas nicht mitbekommen?"

„Nö, wieso?" fragte er betont harmlos.

Skeptisch sah ich ihn an. Er wich meinem Blick aus. Aha!

„Du verschweigst mir doch etwas!" beharrte ich.

„Was sollte ich dir denn verschweigen?" wiegelte er ab. „Was gibt es zum Abendessen?"

„Lenk nicht ab!" wies ich ihn ungehalten zurecht. „Raus mit der Sprache!"

Holger druckste noch eine Weile vergeblich herum und gab dann seufzend auf.

„Eigentlich sollte es eine Geburtstagsüberraschung für dich werden. Als ich die Anzeige geschalten habe, habe ich wohl in geistiger Umnachtung unsere Privatnummer statt meiner Büronummer angegeben."

„Die Überraschung ist dir in der Tat gelungen", meinte ich sarkastisch.

„Jetzt lass mich doch mal ausreden. Ich habe zwei alte Vespas gekauft und wollte dir eine davon zum Geburtstag schenken."

Ich starrte ihn an. „Wie bitte?"

Holger wand sich unbehaglich. „Ich wollte dich ein bisschen aufheitern. Es tut mir so leid, dass sich deine Jobsuche so schwierig gestaltet. Außerdem fahre ich die Honda sowieso kaum noch."

Vor vier Jahren waren Holger und ich mit dem Motorrad in einen schweren Unfall verwickelt gewesen. Ein Führerschein-Neuling hatte uns die Vorfahrt genommen und wir waren fast ungebremst in seine Beifahrertür gekracht.

Während Holger wie durch ein Wunder mit ein paar Prellungen und einer leichten Gehirnerschütterung davonge-kommen war, hatte ich mit einem mehrfach gebrochenen Bein zu kämpfen gehabt. Nach mehreren Wochen auf Krücken war eine rasante Tour auf dem Sozius für mich etwa so reizvoll wie ein Spaziergang durch ein Minenfeld.

Obwohl ich mir geschworen hatte, nie mehr ein moto-risiertes Zweirad zu besteigen, hatte ich durch Zufall meine Begeisterung für Motorroller entdeckt, als meine Schwester Heidi mit ihrer neuen himmelblauen Vespa im Retro-Look angefahren kam. Trotz anfänglicher Skepsis hatte mich die Neugier zu einer kleinen Probefahrt getrieben und ich war von dem knatterigen Sound und dem angenehmen Fahrgefühl gleich total begeistert gewesen. Mein Kontostand gab der-artige Investitionen jedoch gerade nicht her und so war der neue Traum gleich ausgeträumt. Oder etwa doch nicht?

„Ich dachte, für meine Antiquitäten-Liebhaberin ist eine alte Vespa genau das Richtige. Ich habe schon angefangen, sie zu restaurieren." Holger schaute mich stolz an.

„Du bist echt unglaublich, weißt du das eigentlich?" fragte ich fassungslos, bevor ich losheulte.

* * * * *

Am nächsten Morgen erwachte ich mit tierischen Kopf-schmerzen. Wir hatten am Abend zuvor noch mit einer Flasche Sekt auf unsere künftigen Roller-Touren angestoßen. Da sich Holger etwas zurückgehalten hatte, musste ich seine Ration offenbar mitgetrunken haben. Mir war todschlecht und ich hatte noch genau eine Stunde Zeit, um mich wieder in einen vorzeigbaren Zustand zu bringen. Ein Blick in den Spiegel sagte mir, dass das eine echte Herausforderung sein würde.

Statt zu frühstücken, warf ich mir nur zwei Kopf-schmerztabletten ein und stellte mich unter die kalte Dusche. Leider half das nur bedingt.

Verflixt, wie sollte ich in diesem Zustand einen guten Eindruck bei Frau Wolf hinterlassen? Panisch griff ich nach meinem Schminktäschchen. Zittrig, wie ich war, war das Ergebnis nicht wirklich befriedigend: Ich sah aus wie eine abgehalfterte Bordsteinschwalbe. Nein, so ging das nicht.

Ich wischte mir das Make-up wieder aus dem Gesicht und beschränkte mich auf Wimperntusche und einen dezenten Lippenstift. Mein bleiches Gesicht lächelte mich angestrengt im Spiegel an. Das konnte ja nur schiefgehen. Himmel, war mir vielleicht schlecht! Hoffentlich musste ich mich nicht auch noch übergeben.

Ich schlüpfte in meine seriösen Bewerbungsklamotten und bückte mich, um meine Schuhe zuzubinden. In diesem Mo-ment sprang an meinem schwarzen Blazer ein Knopf ab und kullerte unter unseren massiven Garderobenschrank.

Entsetzt hielt ich mitten in der Bewegung inne. Oh nein! Bitte nicht!

Ich warf einen Blick auf die Uhr: Der Countdown zeigte 25 Minuten. So ein Mist! Wütend trat ich gegen den Schrank und rannte fluchend ins Schlafzimmer. Der Blazer flog achtlos aufs Bett, der Rolli hinterher. Ich wühlte fieberhaft in meinem Kleiderschrank. Irgendwie erschien mir nichts richtig passend. In meiner Verzweiflung zog ich schließlich meine lindgrüne

17

Mohairjacke heraus, die mein bleiches Gesicht zwar nicht gerade vorteilhaft betonte, aber wenigstens sehr gediegen wirkte.

* * * * *

„... das wäre dann im Wesentlichen Ihr Aufgabenspektrum. Haben Sie dazu noch Fragen, Frau Roth?" fragte mich Frau Wolf.

Ich starrte wie hypnotisiert auf ihren kirschrot geschminkten Mund. Evelyn Wolf war eine beeindruckende Erscheinung. Ich schätzte sie auf Mitte 50. Für ihr Alter hatte sie eine Bombenfigur, die sie in einer knallengen schwarzen Lederhose recht ungeniert zur Schau stellte. Auch die rote Bluse verbarg nur das Nötigste. Von hinten wäre sie locker als 20-Jährige durchgegangen; einzig und allein die ledrige tiefbraune Haut, die wohl tagtäglich im Solarium gegerbt wurde, verriet ihr wahres Alter.

Ich räusperte mich. „Nein, soweit ist alles klar."

Abgesehen davon, dass mir immer noch schlecht war und ich mich kaum auf das Gespräch konzentrieren konnte.

„Wunderbar. Jetzt habe ich Ihnen so viel über unser Unternehmen erzählt, nun wollen wir auch noch ein bisschen über Sie sprechen, Frau Roth. Was hat Sie denn dazu bewogen, sich bei uns zu bewerben?"

Na, prima. Diese Art Fragen liebte ich ganz besonders. Ich suchte in meinem pochenden Kopf krampfhaft nach einer halbwegs intelligenten Antwort.

„Die Verpackungsbranche hat mich eigentlich schon immer interessiert, da sie die Möglichkeit bietet, das Praktische mit dem Schönen zu verbinden. Es geht nicht nur um den Schutz des Inhalts, sondern auch um ein ansprechendes Design und diese Kombination sagt mir sehr zu."

Frau Wolfs Gesichtsausdruck verriet mir, dass ich offensichtlich die korrekte Antwort gegeben hatte.

„Das ist genau das, was mich auch seit Jahren fasziniert.

Nun, Frau Roth, ich habe mir Ihre Zeugnisse angesehen, die mich sehr überzeugt haben. Natürlich würde ich gerne noch ein wenig mehr über Sie persönlich erfahren. Wie sieht denn Ihre private Lebenssituation aus?"

Super, noch so eine Fangfrage.

„Ich bin nicht verheiratet und lebe mit meinem Freund zusammen in Vöhingen", sagte ich.

„So ein Zufall! Da wohne ich auch. Sie kamen mir gleich so bekannt vor. Habe ich Sie vielleicht schon einmal im Golfklub gesehen?" fragte Frau Wolf lebhaft nach.

Aber klar doch. Da hänge ich schließlich jeden Abend ab. Sollte ich mich etwa geschmeichelt fühlen, dass sie mir eine Mitgliedschaft in unserem Nobel-Golfklub zutraute? Ich musste mir das Grinsen verkneifen. Wahrscheinlich würde ich entweder versehentlich jemanden erschlagen oder den halben Golfplatz umgraben. Achtung, hier kommt Alexa, der Maulwurfschreck!

„Nein, das kann nicht sein", antwortete ich brav.

Frau Wolf überlegte einen Moment. „Dann sind wir uns vielleicht beim Tennis begegnet?"

„Nein, sicher nicht." Haha, wohl kaum. Ich wollte mich bei dieser Sportskanone nicht gleich unbeliebt machen, indem ich mich als absoluter Sportmuffel outete.

„Ich gehe regelmäßig ... joggen", log ich spontan.

Frau Wolf horchte auf. „Ich auch. Welche Distanz bevorzugen Sie denn?"

„Ich laufe jeden zweiten Tag etwa zehn Kilometer, je nach Tagesform", sagte ich lässig.

„Das ist auch meine bevorzugte Distanz!" freute sich Frau Wolf. „Und wie sehen Ihre Trainingszeiten aus?"

Zeiten? Logischerweise hatte ich keinen blassen Schimmer. Eine Stunde vielleicht? Oder dreissig Minuten? Eine Eingebung, bitte! Schnell!

„Gewöhnlich messe ich meine Zeiten gar nicht", versuchte ich meinen Kopf aus der Schlinge zu ziehen, „ich laufe eigentlich mehr als Ausgleich zum Bürojob."

Frau Wolf schaute mich etwas irritiert an. „Aber wie wollen Sie denn so Ihre Leistungssteigerung beurteilen?"

Noch bevor ich mir eine plausible Antwort ausdenken konnte, wechselte Frau Wolf gnädigerweise das Thema.

„Wie sieht denn Ihre Lebensplanung aus, Frau Roth. Sie sind jetzt 28 Jahre alt – kommt da nicht langsam der Wunsch nach Kindern auf?"

Moment mal, sah ich vielleicht aus wie das typische Muttertier? Ich versuchte, mir meinen Unmut über die Frage nicht anmerken zu lassen und antwortete so sachlich wie möglich: „Mein Freund und ich möchten keine Kinder."

Das entsprach zwar nicht der Wahrheit, aber ich hatte wirklich keine Lust, dieses Thema zu vertiefen. Ich wollte jetzt nicht über Kinder reden, ich – wollte – jetzt – diesen – Job! Wenn ich in ein paar Jahren schwanger war, hatte eben der 0,1-Pearl-Index der Pille zugeschlagen.

„Ach wirklich?" fragte Frau Wolf überrascht. „Da verpassen Sie aber etwas ganz Entscheidendes im Leben."

Unglaublich – war ich hier bei pro familia oder bei einem Vorstellungsgespräch?

„Also ich möchte keines meiner drei Kinder missen."

Drei Kinder? Bei der Figur? Die musste eine Leihmutter gehabt haben! Ich konnte mich gerade noch beherrschen, ihr nicht mit offenem Mund auf ihren Bauch zu glotzen, während Frau Wolf mit ihrer Predigt fortfuhr: „Wissen Sie, Frau Roth, man darf sich nicht zu sehr von seinem Partner beeinflussen lassen. Vielleicht käme der Kinderwunsch mit einem anderen Mann ganz schnell auf?"

Langsam wurde ich wirklich wütend. „Den Mann wollte ich eigentlich schon behalten", versetzte ich leicht gereizt.

Frau Wolf sah mich scharf an. „Wir sind daran interessiert, unsere Mitarbeiter langfristig an uns zu binden. Schließlich investieren wir die ersten Monate eine Menge Zeit und Geld."

Warum hatte sie mich dann überhaupt eingeladen, wenn

meine Eierstöcke einen Hochrisikofaktor darstellten? Ich fühlte mich unendlich diskriminiert – und das von einer Vertreterin meines eigenen Geschlechts.

„Gut, das wäre vorerst alles, Frau Roth. Ich melde mich im Laufe der nächsten Wochen bei Ihnen. Sie finden allein raus? Wiedersehen", fertigte mich die Wölfin kurz angebunden ab und rauschte in einer Parfümwolke aus dem Besprechungszimmer.

Niedergeschlagen machte ich mich auf den Weg nach Hause.

* * * * *

Meine Mutter hatte zwischenzeitlich schon wieder auf den Anrufbeantworter gesprochen. Seufzend nahm ich den Hörer und rief sie zurück. Wie befürchtet, ging es um Großtante Hildes Geburtstag.

„Kind, man muss auch mal verzeihen können", redete meine Mutter auf mich ein wie auf einen toten Ackergaul.

Stöhn! War mein zweiter Vorname vielleicht Mutter Teresa?

„Tante Hilde würde sich so freuen, dich wieder einmal zu sehen."

Ich verdrehte die Augen. „Das kannst du dem Heiligen Geist erzählen. Die ist doch sicher noch genauso wütend auf mich wie ich auf sie."

Ich hatte sie damals als schadenfrohen alten Geier bezeichnet und konnte mir gut vorstellen, dass sie mir das in tausend kalten Wintern nicht verzeihen würde.

„Ach was. Wir haben erst neulich über dich gesprochen und da klang sie überhaupt nicht nachtragend."

Ich wurde sofort hellhörig. „Was habt ihr über mich geredet?"

„Sie hat mich gefragt, ob du schon einen neuen Job gefunden hast und ich habe ihr erklärt, dass es heutzutage nicht so einfach ist, etwas Passendes zu finden", antwortete meine Mutter mit betont harmloser Stimme.

„Und weiter?"

„Nichts weiter, Schätzchen", flötete meine Mutter.

Diesen Tonfall kannte ich und er bedeutete für gewöhnlich nichts Gutes.

„Du verschweigst mir doch etwas", meinte ich argwöhnisch.

„Was du wieder denkst. Ich habe Hilde nur deine Telefonnummer gegeben."

„Was will sie denn mit meiner Telefonnummer?" fragte ich erstaunt.

„Ach, sie hat einen Bekannten, der eine Assistentin sucht und da hat sie gleich an dich gedacht. Das ist doch nett von ihr, oder?" meinte meine Mutter fröhlich.

„Na super! Wer weiß, was das für ein öder Job ist und ich kann ihr dafür dann lebenslang die Füße küssen", murrte ich. „Außerdem entscheide ich immer noch selbst, wo ich mich bewerbe."

„Sicher Kind, aber Beziehungen sind in der heutigen Zeit doch das A und O. Ich glaube nicht, dass du dich gerade in einer Position befindest, einen Job ablehnen zu können."

Danke für den dezenten Hinweis. Jetzt auch noch die Bergpredigt.

„Gut, ein Versuch kostet ja nichts", murmelte ich verschnupft, weil mir die Pleite von heute Morgen wieder einfiel.

„Siehst du, so gefällst du mir schon viel besser. Was ist jetzt mit der Feier? Du kommst doch, oder? Tante Hilde würde sich sicher riesig freuen."

Erpressung! Das roch doch irgendwie nach Erpressung!

„Okay, meinetwegen komme ich kurz vorbei", ließ ich mich zähneknirschend bereit schlagen. „Aber ich bleibe auf keinen Fall den ganzen Abend", fügte ich schnell hinzu.

* * * * *

„Endlich Wochenende!" Holger ließ sich gähnend am Frühstückstisch nieder.

„Das ist ja Service – frische Brötchen am Samstagmorgen. Womit habe ich denn das verdient?"

Ich zuckte mit den Schultern. „Wenn man jeden Tag ausschlafen kann, verliert das Wochenende irgendwie seinen Reiz. Da laufe ich für meine Schlafmütze doch gern frühmorgens zum Bäcker."

Holger ließ es sich schmecken und ich vertiefte mich erneut in die Zeitung. Jeden Samstag schlug ich voll freudiger Erwartung den Anzeigenteil auf und war immer wieder aufs Neue enttäuscht. Angebote für Diplom-Ingenieure, IT-Manager und Außendienst-Mitarbeiter gab es zuhauf, nur ich schaute in die Röhre. Das konnte doch nicht endlos so weitergehen. Ich suchte doch nur einen ganz normalen Bürojob!

Gelangweilt überflog ich die restlichen Seiten des Anzeigenmarktes, als mir plötzlich eine kleine Annonce auffiel: ‚Kleiner Tee- und Geschenkeladen günstig zu verkaufen'. Ein Teeladen? Und auch noch günstig? Hmm …

Aufgeregt rüttelte ich Holger am Arm.

„Mensch Holger, da wird ein Teeladen zum Verkauf angeboten. Schau doch mal!"

Ich hielt ihm die Zeitung unter die Nase. Holger legte seufzend seinen geliebten Sportteil zur Seite und las die Anzeige.

Ich konnte bereits kaum mehr still sitzen.

„Stell dir das doch einmal vor: ich und ein eigener kleiner Laden. Alexas Tee-Oase – na, was sagst du?" Erwartungsvoll schaute ich ihn an.

Holger schüttelte bloß den Kopf. „Jetzt bleib mal auf dem Teppich, Alexa. Du hast doch gar keine Ahnung von Tee. Und Geld hast du auch nicht."

„Da steht doch ‚günstig zu verkaufen'. Außerdem gibt es schließlich auch noch Jungunternehmerkredite", entgegnete ich sorglos.

„Was heißt schon günstig? Da ist doch sicher was faul. Wer hat denn heutzutage etwas zu verschenken", meinte Holger skeptisch. „Außerdem halte ich so ein Saisongeschäft für kritisch. Wer kauft schon im Sommer Tee?"

„Die Hardcore-Teetrinker natürlich! Außerdem muss man eben ein bisschen kreativ sein. Ich könnte im Sommer Eistee anbieten", überlegte ich laut. „Oder Teeproben-Abende veranstalten. Vielleicht sogar zusammen mit noch unbekannten Künstlern aus der Region unter dem Motto: Tee und Kunst. Oder ich könnte ..."

Holger unterbrach mich. „Ist ja gut. Dass es dir nicht an verrückten Ideen mangelt, habe ich bereits mitbekommen. Aber was ist mit dem ganzen Papierkram? Buchhaltung und so weiter? Einkauf deiner Ware?"

„Ach, das kann man doch alles lernen", meinte ich herablassend. „Du siehst wieder überall nur Probleme!"

Holger schüttelte den Kopf.

„Das stimmt nicht, Alexa. Aber bevor man irgendwelche Investitionen tätigt, sollte man sich genau informieren. Du hast doch nichts davon, wenn du dir jetzt eine Menge Schulden auflädst und den Laden in einem Jahr schließen musst, weil du Misswirtschaft betrieben hast. Da wirst du doch deines Lebens nicht mehr froh."

„Für Beratung und Berechnung habe ich ja schließlich dich, du Spaßbremse", gab ich ärgerlich zurück. „Man muss auch mal was wagen. Ich rufe jetzt an und frage, was der Laden kostet."

Entschlossen ging ich zum Telefon, als es an der Tür klingelte. Es war Heidi, die gerade vom Einkaufen auf dem Markt zurückkam. Ich schielte in ihren Korb, in dem eine Menge frisches Gemüse lag.

„Das sieht aber verdammt gesund aus."

Heidi verdrehte die Augen. „Erik hat einen neuen Spleen. Du wirst es nicht glauben, aber er hat beschlossen, seinem Waschbärbauch zu Leibe zu rücken und bis zu seinem vierzigsten Geburtstag acht Kilo abzunehmen."

Ich war verdutzt. „Ist das jetzt schon seine Midlife-Crisis?"

„Keine Ahnung. Jedenfalls sitzt er seit zwei Wochen fast jeden Abend auf dem Hometrainer, den er vor einem Jahr gekauft und seither nicht angerührt hat. Und ich soll seine sportlichen Ambitionen mit der entsprechenden Ernährung unterstützen."

„Du Ärmste. Was sagen denn deine drei kleinen Gemüsefreunde dazu?"

„Frag lieber nicht. In diesem Alter hat man für gesunde Ernährung natürlich überhaupt keinen Sinn. Also gibt es für die Kinder Pommes oder Spaghetti und für Erik und mich Wildreis mit Gemüse."

Heidi stöhnte genervt. „Langsam kann ich das Zeug nicht mehr sehen. Ich glaube, ich schnappe mir heute Abend die Kinder und fahre mit ihnen heimlich zu McDonald's. Ich habe richtig Lust auf einen fetten Burger."

„Ich bin dabei", meinte ich sofort.

„Ich auch!" brüllte Holger aus der Küche.

„Trinkst du noch einen Kaffee mit oder musst du gleich weiter?" fragte ich.

Heidi schaute auf ihre Uhr. „Ein Kaffee wäre jetzt goldrichtig. Mein Frühstück ist heute Morgen ziemlich mager ausgefallen."

Holger hielt ihr wortlos unseren noch gut gefüllten Brötchenkorb hin und Heidi ließ sich nicht lange bitten.

Ich schenkte ihr einen Becher Kaffee ein. „Nicht mehr ganz heiß, aber kalter Kaffee macht ja bekanntlich schön!"

„Kinder, so wollte ich daheim auch mal verwöhnt werden", meinte Heidi mit vollem Mund und seufzte genießerisch.

„Bald ist ja Muttertag" tröstete ich sie.

Meine Schwester verzog das Gesicht.

„Erinnere mich bloß nicht an diesen Tag. Wenn ich nur an letztes Jahr denke ... Es war die reinste Katastrophe. Die Kinder wollten mir eine Freude machen und mir das Frühstück ans Bett bringen. Während Jonas jede Menge verkohlte Toastscheiben produziert hat, haben sich Lukas und Markus gegenseitig mit der Sprühsahne vollgespritzt. Als Erik mir das Tablett ans Bett bringen wollte, ist er über einen Spielzeugtraktor gestolpert und alles flog in hohem Bogen durchs Schlafzimmer. Also war statt Frühstück im Bett Schadensbeseitigung angesagt: Schlafzimmer putzen, Betten neu beziehen und heulende Kinder beruhigen. Nie wieder Muttertag!" erklärte Heidi kategorisch.

„Und was gibt es bei dir Neues? Was macht die Jobsuche?"

Resigniert winkte ich ab. „Grauenhaft. Neuerdings ist meine Gebärmutter interessanter als meine Qualifikation."

Ich erzählte ihr von Frau Wolf und meiner neuesten Pleite.

Heidi war empört. „Aber eigentlich sind solche Fragen doch gar nicht zulässig."

Ich nickte. „Klar, aber wen interessiert das schon? Kleiner Reaktionstest – und ich bin natürlich voll durchgefallen."

„Dann hat sie so eine Spitzenkraft wie dich auch gar nicht verdient. Bei der nächsten Frage nach deiner Familienplanung sagst du einfach mit weinerlicher Stimme, dass du keine Kinder bekommen kannst. Dann ist dein Gegenüber nur noch bemüht, sich so schnell wie möglich aus dem Fettnäpfchen zu hangeln und das Thema ist ruckzuck beendet."

Sie überlegte kurz. „Oder du sagst, dass es in der Familie deines Partners Erbkrankheiten gibt und euch davon abgeraten wurde, Kinder zu bekommen. Auch das wird weitere Nachfragen vermutlich sofort im Keim ersticken."

Holger sah von seinem Sportteil hoch. „Wie schön. Jetzt habt ihr ja in kürzester Zeit einen Sündenbock gefunden."

„Jetzt hab dich doch nicht so. Es ist doch für einen guten Zweck", meinte Heidi kichernd.

Holger zog sich spröde wieder hinter seine Zeitung zurück und brummelte etwas Unverständliches.

„Gehst du dieses Jahr zu Drachen-Hildes Geburtstagsfeier?" wechselte ich das Thema.

„Mal sehen. Die gesamte bucklige Verwandtschaft kann mir eigentlich gestohlen bleiben. Die teilen das Erbe doch jetzt schon untereinander auf. Andererseits hat man natürlich auch wieder genügend Gesprächsstoff für die nächsten Wochen. Wieso fragst du?"

„Weil ich dieses Jahr wahrscheinlich auch mit von der Partie sein werde – unfreiwillig allerdings", entgegnete ich mit Grabesstimme.

Heidi schaute mich verdutzt an. „Ihr seid euch doch spinnefeind!"

„Ja schon, aber Mom hat mich mehr oder weniger dazu verdonnert. Tante Hilde kann mir über einen Bekannten eventuell zu einem Job verhelfen und ich soll gut Wetter machen", seufzte ich.

„Ist doch super! So ein bisschen Vitamin B kann doch nicht schaden, oder?"

„Also was Hildes Bekanntenkreis anbelangt, bin ich eher skeptisch."

Heidi schüttelte den Kopf. „Wenn du dich da mal nicht täuschst. Soweit ich weiß, reichen ihre Connections bis in die Vorstandsebenen von diversen namhaften Unternehmen."

Ich war verblüfft. „Wie geht das denn?"

Heidi lachte mich aus. „Schätzchen, manchmal bist du wirklich naiv. Als Schönheits-Chirurg hatte Onkel Gerald nicht nur junge Hühner auf dem OP-Tisch, die sich die Oberweite vergrößern lassen wollten. Auch in Managerkreisen sind Falten, Doppelkinn und Hängebauch verpönt."

* * * * *

Über Heidis Besuch hatte ich meinen Teeladen ganz vergessen. Ich schnappte mir das Telefon und rief die angegebene Nummer an.

Es meldete sich ein Herr Wolpert, der mir sofort sympathisch war. Geduldig und zuvorkommend beantwortete er meine Fragen und bot an, mir in der schwierigen Anfangsphase mit Rat und Tat zur Seite zu stehen. Als er mir die

Übernahmesumme nannte, konnte ich einen Freudenschrei nur mühsam unterdrücken: Herr Wolpert wollte sein Lebenswerk in guten Händen wissen. Das Finanzielle spiele dabei eine untergeordnete Rolle.

Er nannte mir die Adresse und wir vereinbarten einen Termin für den nächsten Mittwoch. Ich konnte mein Glück kaum fassen. Vor meinem inneren Auge sah ich mich in einem schnuckeligen Laden an der gut gefüllten Kasse stehen und freundlich mit den Kunden plaudern.

Als ich abends mit Holger, Heidi und den Kindern bei McDonald's saß, erhielt meine Euphorie einen ersten Dämpfer.

„Also mal ehrlich, Alexa! 39.000 Euro Ablöse für einen Laden inklusive Einrichtung und Vorräte. Da ist doch etwas faul", nuschelte Heidi mit vollem Mund.

„Es ist eben ein sehr kleiner Laden. Warum sollte die Summe unrealistisch sein?" erwiderte ich genervt. „Ihr seht wirklich hinter jedem Baum einen Betrüger lauern."

Holger und Heidi wechselten einen Blick und bissen dann synchron in ihre Burger. Ich schwieg trotzig und wischte Markus den mit Ketchup verschmierten Mund ab.

„Lasst uns doch auf dem Heimweg an dem Laden vorbeifahren. Dann können wir uns vielleicht ein genaueres Bild machen", schlug Holger versöhnlich vor.

Meine Miene hellte sich etwas auf.

Kurze Zeit später verfrachteten wir die Kinder in Heidis quietschgrünen Van und machten uns auf die Suche nach der Torgasse 13.

Der Laden übertraf meine Erwartungen bei weitem. Die Einrichtung bestand überwiegend aus hellen Holzregalen, in denen silberfarbene, alte Teedosen standen. Dazwischen waren ein paar antike Schränkchen aufgestellt, die liebevoll mit Kerzen, Servietten und sonstigem Zubehör dekoriert waren. Im Schaufenster waren Kannen und Tassen unterschiedlichster Stilrichtungen aufgebaut. Ein besonderes Prachtstück war die uralte Registrierkasse im hinteren Teil des Verkaufsraums, die mein Herz höher schlagen ließ.

Sprachlos stand ich vor dem Schaufenster und konnte mich kaum davon abwenden. Es passte einfach alles. Der Laden war ein richtiges Schmuckstück, dem die englischen Kletter-rosen rechts und links der Ladentür noch den entsprechend romantischen Schliff gaben.

Für nur 39.000 Euro sollte dies alles mir gehören? Ich ließ meinen Blick nochmals über die Einrichtung wandern. Allein die Kasse und die Biedermeier-Schränkchen mussten eine Stange Geld gekostet haben. Die indirekte Beleuchtung. Der edle Parkettboden. Nicht zu vergessen die Warenbestände. 39.000 Euro für diesen Traum von einem Laden?

„Hammermäßig", meinte Heidi anerkennend. „Aber die Lage ist etwas ungünstig in dieser Seitenstraße."

Holger nickte. „Stimmt. Auf viel Laufkundschaft darf man hier nicht hoffen."

„Vielleicht hat er viele Stammkunden", wandte ich ein.

„Schwer zu beurteilen. Aber der Preis kommt mir wirklich extrem niedrig vor."

„Das habe ich mir auch gerade überlegt", stimmte ich zögernd zu.

Holger und Heidi wechselten einen vielsagenden Blick, ver-kniffen sich aber netterweise jeden weiteren Kommentar.

„Ich muss aufs Klo-ho", quengelte Jonas.

* * * * *

Mittlerweile hatte ich bereits den dritten Cappuccino bestellt und die Bedienung fing langsam an, mich komisch anzusehen. Ich lächelte sie freundlich an und hoffte, dass sie bald wieder hinter ihrer Kuchentheke verschwinden würde.

Da ich meinen neuen Traum trotz des ein oder anderen bedenklichen Details nicht so einfach aufgeben mochte, hatte ich beschlossen, pragmatisch an die ‚Operation Teetraum' heranzugehen und den Laden eine Weile zu observieren. Es wäre doch gelacht, wenn sich über die Kundenfrequenz nichts herausfinden ließe!

Am unteren Ende der Torgasse hatte ich ein kleines Straßencafé zu meinem Basislager auserkoren. Ich saß schräg hinter einem Blumentrog, der mir die perfekte Tarnung bot. Von hier aus konnte man die Eingangstür des Teeladens gut einsehen, ohne auf dem Präsentierteller zu sitzen.

Leider waren meine Beobachtungen bis jetzt nicht sehr erfreulich. Innerhalb von zwei Stunden hatten gerade einmal fünf Kunden den Laden betreten und nur einer hatte eine Papiertüte mit der Aufschrift „It's tea time!" dabei gehabt. Vielleicht war der Standort wirklich nicht so günstig. Außerdem gab es im Ort einen weiteren Teeladen, der einer großen Kette angehörte.

Desillusioniert beschloss ich, auszutrinken und wieder nach Hause zu fahren, als sich zwei Männer am Nebentisch niederließen, die von der Bedienung freudig begrüßt wurden. Ich spitzte während der darauffolgenden Unterhaltung neugierig die Ohren.

Direkt gegenüber dem Teeladen befand sich ein Friseur-Salon, wo die beiden offenbar arbeiteten. Bestens!

Ich beschloss, mir Informationen aus erster Hand zu holen. Kaum war die Bedienung wieder in der Tür verschwunden, drehte ich mich um und setzte mein charmantestes Lächeln auf: „Entschuldigung, dürfte ich Sie etwas fragen?"

„Anmache zwecklos, Honey! Erstens sind wir beide vom anderen Ufer und zweitens vergeben – sein Freund heißt Ernie und meiner Bert!" antwortete der Jüngere, worauf sich beide vor Lachen ausschütteten.

Zwei ältere Damen starrten mich mit offenem Mund an und fingen dann aufgeregt an zu tuscheln. Ich schluckte trocken und lief knallrot an. Mann, war das peinlich! Nichts wie raus hier!

„Hey, war doch nicht so gemeint!" sprach mich der Ältere

an, nachdem sie sich wieder beruhigt hatten. „Was willst du denn wissen?"

Vom Siezen hielt der wohl auch nicht viel. Respektloser Flegel!

„Nichts mehr!" entgegnete ich kühl. „Mein Bedarf an kindischen Antworten ist für heute gedeckt! Zahlen, bitte!"

„Kommt nicht in Frage. Rosi, bitte ein Gläschen Prosecco für die Dame!"

Bevor ich protestieren konnte, streckte er mir versöhnlich die Hand entgegen: „Friede! Ich heiße Didi und der Kindskopf neben mir ist Ronny."

„Alexa", murmelte ich, noch immer nicht ganz versöhnt.

„Also, Alexa, worum geht es denn?" wollte nun auch Ronny wissen.

Ich kämpfte mit mir. Ob mir diese beiden Scherzkekse wirklich weiterhelfen konnten?

„Es geht um den Teeladen dort oben ...", begann ich, wurde jedoch sofort von Ronny unterbrochen.

„Ich wusste es! Der versucht es immer wieder und irgendwann findet er einen Dummen."

„Echt unglaublich!" ereiferte sich nun auch Didi. „So ein Halunke!"

Verwirrt sah ich von einem zum anderen und begriff überhaupt nichts. „Könntet ihr mich freundlicherweise mal aufklären?"

Didi wandte sich an mich. „Lass mich mal raten ... Du willst den Laden kaufen, wunderst dich aber über den niedrigen Preis."

Verblüfft sah ich ihn an. „Stimmt, aber woher weißt du das?"

Ronny zuckte mit den Schultern. „War nicht schwer zu erraten. Ich habe die Anzeige in der Zeitung gelesen."

Ja und weiter? Himmel, musste man denen die Würmer einzeln aus der Nase ziehen?

„Könntest du vielleicht etwas konkreter werden? Stimmt etwas nicht mit dem Laden?"

„Da kannst du einen drauf lassen. Was hat dir der Wolpert erzählt, warum er so billig verkaufen will?"

„Er sagte, er wolle sein Lebenswerk eben in guten Händen wissen und deshalb ..."

„Unglaublich!" jaulte Ronny auf. „Genau die gleiche Geschichte hat er Lisa auch aufgetischt. Ich fasse es nicht!"

„Jetzt lass sie doch mal ausreden", rügte ihn Didi.

„Wollte ich auch gerade vorschlagen", meinte ich trocken. „Wer ist Lisa?"

„Meine Schwester", antwortete Ronny. „Der Laden war vor drei Monaten schon einmal ausgeschrieben und Lisa war sofort vollkommen begeistert davon."

Ich nickte zustimmend. Das konnte ich gut nachvollziehen.

„Allerdings hat sie sich ziemlich über den niedrigen Preis gewundert. Didi und ich hatten kurz zuvor den Salon eröffnet und sie wusste, dass die Lage hier eigentlich teurer gehandelt wird. Da ist sie misstrauisch geworden. Durch Zufall haben wir herausgefunden, dass der Wolpert den Laden erst vor zwei Jahren übernommen hat und seither ums nackte Überleben kämpft, da der Laden kaum etwas abwirft."

„Du hast vergessen zu erwähnen, dass er jedem potenziellen Käufer erzählt, dass der Laden eine wahre Goldgrube sei. Leider seien aber sämtliche Unterlagen bei einem Wasserrohrbruch vor einem halben Jahr vernichtet worden, deshalb könne er leider keine Zahlen vorweisen", ergänzte Didi.

„Ich fasse es nicht!" sagte ich geschockt. Bei dem Gedanken, auf was ich mich beinahe eingelassen hätte, wurde mir jetzt noch fast schlecht. Und was mich noch weit mehr fuchste als mein zerplatzter Traum, war die Tatsache, dass Holger mit seinem Misstrauen auch noch recht behalten hatte.

Rosi brachte das Glas Prosecco und ich nahm erst einmal einen kräftigen Schluck.

Didi und Ronny prosteten mir zu.

„Willst du den Laden immer noch kaufen?" fragte Ronny grinsend.

„Mehr denn je!" meinte ich ironisch und zerriss die Anzeige in kleine Schnipsel. Der liebe Herr Wolpert konnte am Mittwoch auf meinen Besuch warten, bis er schwarz wurde.

Didi lachte. „Keine Ursache. Wir Mädels müssen doch zusammenhalten."

Ronny schnappte sich eine meiner Haarsträhnen und untersuchte sie eingehend.

„Wenn du unbedingt Geld loswerden willst ... Ein bisschen Haarpflege könnte dir nicht schaden."

Nun, wieso eigentlich nicht?

Zwei Stunden später verließ ich mit einem total neuen Look und bester Laune den Salon ‚Haar-lekin'.

* * * * *

Am folgenden Morgen klingelte es bereits um acht Uhr Sturm. Frechheit! Mitten in der Nacht! Im Halbschlaf tastete ich mich zur Wohnungstür vor und öffnete. Bevor ich etwas sagen oder tun konnte, rauschte unser Nachbar Finn bereits an mir vorbei Richtung Küche.

„Hallo Finn, komm doch rein", gähnte ich und schloss die Tür wieder.

„Alexa, ich brauche dringend deine Hilfe. Ich habe fünf neue Aufträge bekommen, die ich bis Freitag abgeben muss. Ich weiß überhaupt nicht mehr, wo mir der Kopf steht."

Finn fummelte nervös an unserer Espresso-Maschine herum.

„Finger weg!" Wenn es um unsere innigst geliebte Jura-Maschine ging, verstand ich absolut keinen Spaß.

Kurze Zeit später schlürften wir einträchtig das leckere Gebräu.

„Woher hast du auf einmal so viele Aufträge, Finn?" fragte ich neugierig.

„Vitamin B. Mein Cousin arbeitet in einem großen Architekturbüro, das international tätig ist. Dem letzten Übersetzer hat man wegen mangelhafter Leistungen die Verträge gekündigt und da hat mein Cousin freundlicherweise meine Wenigkeit ins Gespräch gebracht."

Ich schwieg nachdenklich. Mit Beziehungen schien man auf dem Arbeitsmarkt wirklich die besseren Karten zu haben. Ich dachte an Lisa, die dank Ronny davor bewahrt worden war, einen folgenschweren finanziellen Fehler zu begehen. Und an Finn, der mithilfe seines Cousins fette Aufträge an Land zog. Vielleicht sollte ich Hildes Connections doch mehr Bedeutung beimessen? Ging es heutzutage wirklich nur noch darum, die richtigen Leute zu kennen, die zur richtigen Zeit am richtigen Platz ihre Lauscher aufsperrten?

„Was ist jetzt, Alexa?" fragte Finn ungeduldig, der die ganze Zeit auf mich eingeredet hatte. „Kannst du mir ein paar Übersetzungen abnehmen?"

„Ja klar, gerne! Aber duschen und frühstücken darf ich vorher noch, oder?" neckte ich ihn.

„Meinetwegen." Er zwinkerte mir zu. „Ich muss los."

Ich warf einen Blick auf die oberste Akte und las laut vor: „Beim Präzisionsdachziegel ‚Toscana' sorgen spezielle Seiten- und Kopfverfalzungen und ein hoch liegender Wasserfalz für verbesserte Wettersicherheit".

Ich stöhnte. Das versprach ja ein interessanter Tag zu werden.

* * * * *

Nach den ersten fünf Seiten rauchte mir bereits der Kopf. Dank unserer halbitalienischen Mutter hatten Heidi und ich zwar das Glück gehabt, zweisprachig aufzuwachsen, dennoch gehörten Begriffe wie Fundament, Estrich und Abwasserrohr nicht unbedingt zu meinem eher umgangssprachlich orientierten Wortschatz.

Meine Bewunderung für Finn, der vier Sprachen fließend sprach, stieg wieder einmal ins Unermessliche.

Ich beschloss, eine kleine Pause einzulegen und mein frugales Frühstück mit einem deftigen Mittagessen auszugleichen. Als meine leckere Reste-Pfanne auf dem Herd vor sich hinbrutzelte und einen unvergleichlichen Duft verströmte, klingelte das Telefon.

Geistesabwesend schnappte ich mir den Hörer. „Roth?"

„Guten Tag, mein Name ist Hammel von der Firma Scharf. Sie hatten sich bei uns beworben und ich habe noch ein paar Fragen an Sie", schnarrte mich eine näselnde Stimme an.

Ich musste mir krampfhaft das Lachen verbeißen. Hammel – mit so einem Namen war man ja auch gestraft. In Zusammenhang damit hatte er mit dem Firmennamen dank eines einzelnen Buchstaben direkt noch Glück gehabt.

„Guten Tag, Herr Hammel. Worum geht es denn?"

Mist, die Pfanne zischte so laut, dass ich mein eigenes Wort nicht verstand. Ich verzog mich ins Schlafzimmer.

„Sie hatten in Ihrer Bewerbung keine Gehaltsvorstellung angegeben. Des weiteren fehlt auch Ihr frühestmöglicher Eintrittstermin."

Ich war baff. Das handelte man also neuerdings elegant am Telefon ab, aha! Ich räusperte mich und versuchte es auf dem Wege der Diplomatie.

„Ich gebe in meinen Bewerbungen ungern meine Gehaltsvorstellung an, weil ich mich bei meiner Forderung daran orientiere, wie viel Verantwortung ich zu tragen habe."

Und wenn du meinen Lebenslauf gelesen hättest, wüsstest du, dass ich zur Zeit arbeitslos bin und sofort anfangen kann, fügte ich in Gedanken hinzu.

„Sie könnten zumindest eine Spanne von/bis angeben", insistierte Herr Hammel.

Wie hartnäckig! Der Mann war mir schon komplett unsympathisch.

„Tut mir leid, aber Gehaltsverhandlungen führe ich grundsätzlich nur im persönlichen Gespräch", widersetzte ich mich. Nur würde es soweit jetzt wohl nicht mehr kommen.

„Ihr frühester Einstiegstermin wäre ...?" wiederholte Herr Hammel hartnäckig.

Glück hat, wer lesen kann. „Sofort!"

„Warum möchten Sie Ihre jetzige Stelle wechseln?"

Stelle – wechseln? Langsam hatte ich echt keinen Text mehr. Der las wohl tatsächlich nur seinen Fragenkatalog ab!

„Wie ich in meiner Bewerbung angegeben habe, bin ich zur Zeit arbeitslos."

„Sind Sie Raucher oder Nichtraucher?" schnarrte Herr Hammel erbarmungslos weiter.

Ja, was denn noch alles? Schuhgröße, Gewicht, haben Sie die Augen beim Küssen geöffnet oder geschlossen?

„Nichtraucher!"

„Gut, Frau Roth. Das wäre dann vorerst alles. Haben Sie Ihrerseits noch Fragen?"

„Nein, momentan nicht", antwortete ich resigniert.

Ich saß im Schneidersitz auf meinem Bett und starrte den Telefonhörer an. Von wegen Hammel – ein ausgewachsenes Rindvieh war das! Warum geriet eigentlich immer ich an die kompletten Idioten? Ging es anderen Leuten auf Jobsuche genauso? Langsam hatte ich wirklich keine Lust mehr auf die ganzen dummen Fragen. Vielleicht sollte ich einfach eine Weile aussteigen? In Neuseeland Schafe hüten oder in Australien Ananas ernten? Den Duft der großen weiten Welt schnuppern?

Moment mal ... Duft? Das roch eigentlich eher nach ... Shit! Meine Reste-Pfanne!

Entsetzt ließ ich den Hörer fallen und rannte in die Küche. Oh nein! Mein leckeres Mittagessen war zu einem schwarzen, stinkenden Klumpen zusammengeschmort. Super, der Hammel hatte echt ganze Arbeit geleistet!

Ich riss alle Fenster auf und hielt die Pfanne unter den Wasserhahn. Das stank ja wirklich erbärmlich!

Hustend schrubbte ich mit der Spülbürste in der schwarzen Masse herum. Das Ergebnis war eher bescheiden: Ich schrieb eine neue Bürste auf unsere Einkaufsliste.

Wie sollte ich die Pfanne jemals wieder sauber bekommen?

Ich warf einen Blick auf die Uhr. Noch zwei Stunden, bevor Holger nach Hause kam. Ich überlegte. Das würde gerade noch reichen ... Pfeifend stellte ich die Pfanne in unsere fast leere Spülmaschine.

Holger war der Ansicht, dass das Gerät aus ökologischen Gründen nur angestellt werden sollte, wenn es voll beladen war. Töpfe und Schüsseln hatten seiner Meinung nach nichts darin verloren, weil sie zu viel Platz einnahmen. Was im Endeffekt hieß, dass wir die Hälfte unseres Geschirrs ganz unökologisch von Hand spülten.

Ich warf eine Reinigungstablette in den Besteckkorb und spritzte noch Spülmittel kreuz und quer innen auf die Spülmaschinentür. Sicherheitshalber.

Dann verzog ich mich mit meinen Akten und einem Käsebrot auf den Balkon. Bei dem Gestank konnte ja kein Mensch arbeiten.

Wider Erwarten kam ich ziemlich schnell voran. Die Seiten waren reichlich mit Zeichnungen versehen, sodass jeweils nur wenige Sätze zu übersetzen waren. Vielleicht hatte ich die erste Akte bereits bis zum Abend fertig. Finn würde staunen. Ich war irre stolz auf mich und vertiefte mich mit Feuereifer in die letzten Seiten.

Holgers Schrei aus der Küche schreckte mich auf. „Alexa, bist du da?"

Verdutzt sah ich auf.

„Hier, auf dem Balkon!" rief ich zurück.

Kurz nach drei. Wieso hatte Holger denn schon Feierabend?

„Könntest du bitte mal reinkommen?"

Mann, der hatte ja vielleicht eine Saulaune! Musste er seinen Geschäftsärger jetzt an mir auslassen, oder was? Unwillig ging ich in die Küche.

Holger stand inmitten eines gewaltigen Schaumberges und funkelte mich wütend an. „Also?"

Ach du Scheiße! Ich war geschockt. „Was ist das denn?"

„Das würde mich auch sehr interessieren, Alexa. Was zum

Teufel hast du mit der Spülmaschine gemacht?"

Hmm ... Konnte es etwa sein, dass das Spülmittel .... Diese Marke würde ich im Leben nicht mehr kaufen.

„Eigentlich nichts!" antwortete ich mit Unschuldsmiene.

„Und uneigentlich?"

„Ich wollte eine Pfanne spülen."

„Eine – Pfanne?"

„Eine angebrannte Pfanne!" verbesserte ich ihn.

„Und weiter?"

„Nichts weiter. Wird das jetzt ein Verhör, oder was?" fragte ich genervt und sah gebannt zu, wie immer mehr Schaum aus der Spülmaschine quoll.

„Ich möchte nur wissen, warum du unsere Küche in ein Schaumparadies verwandelt hast. Ist das zu viel verlangt?" schnappte Holger.

Super, wenn mich der dumme Hammel nicht mitten beim Kochen mit seinen dummdreisten Fragen belästigt hätte, müsste ich mich jetzt nicht vor dem jüngsten Gericht recht-fertigen.

„Mir ist das Essen angebrannt, ich habe die Pfanne nicht mehr sauber bekommen und habe sie in die Spülmaschine gestellt. Bist du jetzt zufrieden?"

„Und warum schäumt die Maschine neuerdings so?"

„Vielleicht ist sie kaputt", versuchte ich meinen Kopf aus der Schlinge zu ziehen.

Ein strenger Blick traf mich. „Ich bitte dich, die Maschine ist erst ein halbes Jahr alt und wir benutzen sie ja kaum."

„Eben, wozu haben wir sie überhaupt gekauft?" griff ich die willkommene Ablenkung auf.

„Ich glaube nicht, dass jetzt der richtige Zeitpunkt für Grundsatzdiskussionen ist!" Holgers Miene sagte mir, dass die Stunde der Wahrheit gekommen war.

Ich gab auf und lieferte die entsprechende Erklärung.

Holger wusste offenbar nicht, ob er lachen oder toben sollte.

„Also weißt du, Alexa, das Zusammenleben mit dir birgt

auch nach acht Jahren noch Überraschungen", seufzte er.

Na also, offensichtlich trug er es ja doch mit Fassung.

„Ist doch besser als Langeweile, oder?" fragte ich selbstbewusst und begann lachend eine Schaumschlacht.

* * * * *

Nachdem ich den Rest der Woche wie eine Verrückte geschuftet hatte, um Finn pünktlich am Freitag seine Übersetzungen liefern zu können, gönnte ich mir am Samstag einen wohlverdienten freien Tag.

Als ich aus der Dusche kam, war Holger schon zum Badmintonspielen verschwunden, hatte mir aber netterweise bereits ein Frühstücksei gekocht, auf das er einen Smiley gemalt hatte. Wie niedlich!

Ich frühstückte in aller Ruhe und genoss den Luxus einer unzerfledderten Zeitung. Den Stellenmarkt ließ ich vorläufig links liegen. Schließlich wollte ich mir nicht gleich am Morgen die Laune davon verderben lassen.

Moment mal, was stand denn da im Programmtipp? Wiederholung der Hochzeitszeremonie von Prinz Felipe von Spanien? Jetzt? Das musste ich mir unbedingt ansehen! Ich ließ alles stehen und liegen und rannte ins Wohnzimmer.

Normalerweise hatte ich für Königshäuser nicht allzu viel übrig. Ohrwatschen-Schorsch und Strohhaar-Camilla sowie die neueste Schlägerei von Ernst August entlockten mir nur ein müdes Gähnen.

Aber dass ich 2004 die Live-Übertragung der Hochzeit von Felipe verpasst hatte, weil ich als Babysitter bei meiner Schwester engagiert gewesen war, die gerade ihr drittes Kind auf die Welt gepresst hatte, hatte bei mir für gehörig schlechte Laune gesorgt.

Ich schaltete den Fernseher ein. Momentan passierte nicht allzu viel. Der Himmel trug grau in grau. Das sah gar nicht gut aus.

Ich beschloss, die Zeit für ein Beauty-Programm zu nutzen. Gesichtsmaske, Spiegel, Kleenex-Tücher. Wo waren denn bloß meine Zehenspreizer? Nicht aufzufinden. Egal, dann musste es eben ohne gehen.

Ich ließ mich gemütlich auf dem Sofa nieder, trug die Gesichtsmaske auf und fing an, mir die Fußnägel zu lackieren.

Oh! Da war er! Felipe schritt mit seiner Mutter am Arm über den roten Teppich zur Kirche. Was für ein Mann! Was für eine Uniform! Ich seufzte. Aber was war das? Auf den letzten Metern fing es doch tatsächlich zu regnen an. Genauer gesagt schüttete es wie aus Kübeln. Was für ein Pech!

Mittlerweile war Felipe am Altar angekommen und wartete auf seine Braut. Die Kameras fingen seine Nervosität unbarmherzig ein.

Ich war fast genauso aufgeregt und verschob das Lackieren der linken Zehennägel auf später. Bereits bei den rechten hatte ich öfters das Sofakissen mitbemalt.

Mann, war das spannend! Wo blieb denn Letizia? Da! Jetzt sah man, wie sie in einer fetten Limousine vorgefahren wurde. Man meinte förmlich, das Schmatzen der Reifen zu hören, die dicke Spuren in dem mit Wasser vollgesaugten roten Teppich hinterließen.

Gleich war es soweit. Ich spürte Tränen der Rührung aufsteigen. Zum Glück war Holger nicht da und so ließ ich meinen Gefühlen freien Lauf. Da kam sie! Meine Güte, was für ein Kleid! Die Frau hatte aber auch eine Bombenfigur! Ich schniefte.

Ein Schlüssel drehte sich im Schloss und Holger schlenderte gut gelaunt ins Wohnzimmer. Als er mich sah, hielt er mitten in der Bewegung inne.

„Alexa, um Himmels Willen, was ist denn passiert?" fragte er bestürzt.

Ich konnte nicht antworten und deutete nur schluchzend zum Fernseher.

Holger sah irritiert zu Letizia und dann wieder zu mir.

„Die Hochzeit! Ich hatte sie doch verpasst!" schniefte ich.
Holgers Gesicht war ein einziges Fragezeichen.

„Die Hochzeit von Felipe und Letizia wird wiederholt",
wiederholte ich und putzte mir geräuschvoll die Nase.

„Wieso rührt dich das so? Du wolltest doch sowieso nie heiraten!" fragte Holger verständnislos.

Männer konnten ja so naiv sein. Ich tat, als hätte ich diese
unqualifizierte Äußerung nicht gehört und starrte gebannt auf
den Bildschirm, wo Letizia inzwischen bei Felipe angekommen war. Erster Blickkontakt – diese Vertrautheit! Mir
quollen schon wieder die Tränen aus den Augen.

Holger runzelte die Stirn und verließ kurz darauf das Wohnzimmer. Adieu.

Die Trauungszeremonie begann. Als die beiden schließlich
die geweihten Goldmünzen tauschten, war ich komplett aufgelöst. Was für ein schöner Brauch! Wie romantisch!

Laute Musik dröhnte aus dem Nebenzimmer und übertönte
die klassischen Klänge im Fernsehen.

Ich zuckte zusammen. Das konnte doch jetzt nicht wahr sein.

„Holger!" brüllte ich verärgert. Keine Reaktion. Na, der
konnte was erleben!

Wütend stand ich auf. Die Klänge von ‚Stand by me' empfin-
gen mich im Flur. Unser Lied? Leider besänftigte mich das
nicht im Mindesten.

Wie eine Furie öffnete ich die Schlafzimmertür, schloss sie
sofort wieder und schluckte mehrmals trocken. Hatte ich
Halluzinationen? Was ich eben gesehen hatte, konnte unmöglich real sein. Ganz ausgeschlossen. Mein Herz schlug wie
verrückt. Hatte Holger vielleicht einen Ball an den Kopf
bekommen? Oder einen Schläger? Waren das die Folge-
erscheinungen?

Zitternd drückte ich die Klinke nach unten und öffnete
erneut die Tür. Das gleiche Bild. Offenbar konnte ich den
Besuch bei meiner Augenärztin doch noch etwas verschieben.

Ich sah ein riesiges Herz aus brennenden blauen Tee-

lichtern, das zwei Worte umrahmte, die aus bunten Glas-
steinchen gelegt waren: MARRY ME!

Holger lag quer über unserem Bett und zwinkerte mir
verschmitzt zu.

Fassungslos sah ich ihn an.

„Was ...? Äh ... Wie meinst du das?" fragte ich mäßig
intelligent mit zittriger Stimme.

Oh Gott! Nein! Hilfe! Das sollte doch nicht etwa ein Heiratsantrag sein! Andererseits ... Nach Aprilscherz sah die Aktion
jetzt auch nicht gerade aus.

„Wieso ...", begann ich erneut, wurde aber von Holger
grinsend unterbrochen.

„Männerhirne brauchen eben manchmal etwas länger. Willst
du jetzt diskutieren oder antworten?"

Blöde Frage – diskutieren natürlich!

„Heiraten will ich!" rief ich glücklich und wollte mich zu
ihm aufs Bett werfen.

Dann fiel mir etwas ein. Dieser denkwürdige Augenblick
musste natürlich verewigt werden. Ich drehte mich um, prallte
mit der Schulter gegen den Türrahmen – Schmerz! – und
rannte ins Wohnzimmer, um die Kamera zu holen. Ein Blick in
den Flurspiegel bremste mich aus.

Um Himmels willen, wie sah ich denn überhaupt aus?
Ausgebeulte Jogginghose, Herrenhemd, verheulte Augen, ver-
schmierte Gesichtsmaske und halb lackierte Zehennägel? Ich
bekam einen hysterischen Lachanfall.

Wie die typische künftige Braut sah ich nun nicht gerade
aus. Irgendwie hatte ich mir die Szene in meinen Träumen, die
ich als offizieller Heiratsgegner natürlich stets für mich behalten hatte, etwas anders vorgestellt. Mondscheinpicknick
mit Champagner. Romantischer Spaziergang am Strand.
Cabrio-Ausfahrt ins Abendrot. Etwas in der Art. Aber was
solls! Ich schaute erneut in den Spiegel. Das musste wirklich
die wahre Liebe sein!

* * * * *

Da ich mit meiner Antipathie gegen so profane Dinge wie die Ehe seither nicht hinterm Berg gehalten hatte, würde mich mein komplettes Umfeld einstimmig für verrückt erklären. Egal! Es fühlte sich momentan einfach absolut richtig an.

Holger und ich waren acht Jahre zusammen, hatten schon viel erlebt und bereits bewiesen, dass wir in guten wie in schlechten Tagen füreinander da waren. Warum also nicht einen Knopf dran machen?

Wahrscheinlich würden mir die nächsten neun Monate zwar alle mehr oder weniger unauffällig auf meine Körpermitte starren, aber es war ja nicht besonders schwer, diesen falschen Verdacht zu entkräften.

Ich dachte über die Feier nach. Am liebsten wäre mir eine zwanglose Party im Grünen mit kalt-warmem Buffet und einer coolen Band. Lustig, locker, feuchtfröhlich – also möglichst wenig Verwandtschaft und möglichst viele Freunde.

Auch eine Alexa Roth im weißen Reifrock-Kleidchen mit Spitzenschleier würde es nicht geben. Die typischen Brautkleider fand ich durchweg furchtbar und zudem sah ich in weißen Klamotten immer aus wie schon dreimal gestorben.

Was mir momentan weitaus mehr Kopfzerbrechen bereitete, war mein künftiger Name. In dieser Beziehung war ich ausnahmsweise sehr konservativ. Eheleute hatten den gleichen Namen zu tragen, basta. Wie sollte man denn sonst erkennen, wer wie mit wem verbandelt war?

Leider hieß Holger mit Nachnamen Axelmann. Alexa Axelmann. Das absolute Grauen. Klang wie Alexa Achselschweiß. Selbst ein Doppelname würde mich hier nicht retten. Außerdem trugen nur Suffragetten Doppelnamen. Wenn man sich seine Emanzipation schon mittels eines Namens beweisen musste, hatte man es ja wirklich weit gebracht.

Ob Holger Roth die bessere Wahl wäre? Auch davon war ich irgendwie nicht wirklich überzeugt und verschob die Entscheidung auf später.

* * * * *

Holger hatte sich kräftig eingeschmeichelt und so hatte ich mich zur Feier dieses denkwürdigen Tages erweichen lassen, meinem Schleckermäulchen einen Kuchen zu backen.

Leider gehörte Backen nicht unbedingt zu meinen größten Talenten. Meine ersten Marmorkuchen hatten sich diesen Namen redlich verdient und meine Rührkuchen hatte Holger irgendwann in Rühr-mich-nicht-an-Kuchen umgetauft.

Mittlerweile verdienten meine Backwerke zumindest das Prädikat ‚essbar'.

Als der Kuchen im Ofen backte, nahm ich mir erneut die Samstagszeitung vor und studierte unmotiviert den ungeliebten Stellenmarkt. Die Ausbeute war wie immer ziemlich mager. ‚Dekorateur gesucht', ‚Ingenieur gesucht', ‚Software-Spezialist gesucht' – aber was war das denn?

Ganz unten auf der Seite befand sich eine dick umrahmte Anzeige: „Mary Poppins gesucht! Wir suchen das außergewöhnlichste Kindermädchen für unsere zwei Kinder (drei und sieben) in Vollzeit bei bester Bezahlung. Bitte verzaubern Sie uns unter Telefon 58 37 26". Das klang ja niedlich!

War aber leider nichts für mich. Ich war schon am Limit, wenn ich hin und wieder auf meine drei Neffen aufpasste. Da war ich bei zwei verwöhnten, stinkreichen Gören ja mehr als fehl am Platz. Bei dem Gedanken, wie ich mit gestärkter weißer Schürze und weißem Häubchen in der Nobelküche einer fetten Landhausvilla stand und Bio-Food für die lieben Kleinen zubereitete, musste ich dann doch grinsen.

Aber witzig war die Idee natürlich schon, eine solche Anzeige aufzugeben. Anzeige aufgeben ...? Anzeige aufgeben! Ja klar, ich würde eine Stellenanzeige aufgeben! Warum nicht mal den ungewöhnlichen Weg gehen und Eigeninitiative zeigen? Das war die Idee!

Begeistert holte ich Zettel und Stift und machte mich ans Werk. Als die Eieruhr nach einer halben Stunde klingelte, war ich über ein paar klägliche Überschriften allerdings noch nicht hinausgekommen. Gar nicht so einfach, ein aussagekräftiges

Profil in wenigen Zeilen unterzubringen. Schließlich wollte ich mich von der breiten Masse abheben.

Ich kaute auf meinem Kuli herum und dachte angestrengt nach.

Holger kam in die Küche geschlendert. „Riecht lecker. Willst du auch einen Cappuccino dazu?"

„Hmm", machte ich geistesabwesend.

Holger schielte mir über die Schulter. „Bist du unter die Dichter gegangen?"

„Irgendwann soll das der Text für mein Stellengesuch werden. Leider inspiriert der Kuchenduft eher meine Magensäfte als mein Hirn", seufzte ich.

„Schreib doch einfach: ‚Tippen, lochen, Kaffee kochen – suchst du mich? Hier bin ich!‘ ", dichtete Holger kreativ und holte den Milchaufschäumer aus der Schublade.

Ich warf meinen Kuli nach ihm. „Sehr witzig! Du bist wirklich eine große Hilfe!"

„Wieso? Auffallen ist alles! Langweilige Anzeigen kann schließlich jeder formulieren."

„Da bin ich auch selbst schon draufgekommen. Aber trotzdem soll es wenigstens noch ansatzweise seriös klingen."

Holger brachte zwei Tassen Cappuccino und den duftenden Kuchen an den Tisch. „Kreative Pause! Dann fällt uns sicher auch etwas Vernünftiges ein!"

Im Laufe der nächsten Stunde schafften wir es tatsächlich, einen Text zu entwerfen, der nicht zu langweilig, aber auch nicht zu ausgeflippt klang. Zudem achteten wir darauf, potenzielle Arbeitgeber nicht durch zu eng gesteckte Vorgaben wie Branche oder Ort abzuschrecken.

Zufrieden las ich unseren Text nochmals laut vor: „Humorvoller Chef gesucht! Sie suchen eine Mitarbeiterin, die organisiert und koordiniert, mit Elan an originelle Problemlösungen herangeht und ihre Arbeit mit Freude ausübt? Die loyal, engagiert und verantwortungsbewusst ist, gern selbstständig arbeitet und weiß, dass im Vertrieb das Wort Service großgeschrieben wird? Die fit am PC ist und englische und italienische Sprachkenntnisse hat? Prima, dann haben wir uns ja gefunden!"

Unser armer Postbote tat mir schon jetzt leid.

* * * * *

So ungeduldig hatte ich noch nie auf einen Montag gewartet. Gleich morgens fuhr ich zur Anzeigenannahme unserer Tageszeitung und gab den Text auf.

Frau Wepper, wie ich dem Schild auf dem wogenden Busen der Servicedame entnehmen konnte, tippte ihn gelangweilt in ihr System.

„Das macht dann 120 Euro plus Chiffregebühr. Sonstige Wünsche? Rahmen? Fettdruck? Grauraster?" leierte sie herunter.

120 Euro? Die hatte wohl einen im Tee!

„Geht das nicht auch etwas billiger?" fragte ich vorsichtig.

„Text kürzen", kam kurz und bündig zurück.

Wie wäre es mit einem vollständigen Satz? Oder fiel das unter die Rubrik ‚Berufskrankheit'?

Ich ging den Text nochmals durch. Nein, wenn ich die Anzeige nicht nach dem ich-Tarzan-du-Jane-Prinzip formulieren wollte, musste ich wohl oder übel in den sauren Apfel beißen und die Scheine auf den Tisch blättern.

Ich holte tief Luft und fragte: „Was kostet ein Rahmen?"

„Ist umsonst. Fettdruck und Grauraster auch."

Na, das wollte ich ihr für diesen Preis aber auch geraten haben!

„Dann rahmen Sie den Text doch bitte ein und setzen Sie die erste Zeile in Fettdruck", bat ich.

Kaugummi kauend wurden meine Wünsche ausgeführt und ich bekam einen Ausdruck der Anzeige. Doch, sah nicht schlecht aus!

„Ihr Inserat erscheint dann in der Samstagsausgabe. Die

Zuschriften werden Ihnen täglich zugesandt."

Ein Wunder! Frau Wepper wurde ja geradezu gesprächig. Ich bedankte mich und zog innerlich zähneknirschend meine Geldbörse aus der Tasche.

* * * * *

Natürlich konnte ich es kaum erwarten, mein Kunstwerk endlich gedruckt zu sehen. Am Samstagmorgen rannte ich im Morgenmantel zum Briefkasten. Aufgeregt zerfledderte ich noch im Treppenhaus die Zeitung. Da! Meine Anzeige! Sah ja superklasse aus! Da konnten die fantasielosen Stellengesuche der Konkurrenz natürlich nicht mithalten.

Die Haustür öffnete sich. Finn kam mit einer Tüte frischer Brötchen vom Bäcker.

Stolz hielt ich ihm die Seite unter die Nase und deutete auf meine Anzeige. „Lies mal! Das ist meine!"

Finn nickte anerkennend. „Nicht schlecht! Soll das heißen, dass ich in naher Zukunft nicht mehr auf deine Dienste zurückgreifen kann?"

Ich lachte. „Das will ich hoffen! Die Anzeige hat mich ein kleines Vermögen gekostet!"

Eine Wohnungstür ging auf und Frau Huck, unsere älteste Mitbewohnerin im Haus, betrat das Treppenhaus. Finn und ich verdrehten unisono die Augen. Die kam ja wieder genau im richtigen Moment. Die personifizierte Neugier mit dem untrüglichen Gespür für Dinge, die sie nichts angingen.

„Morgen, Frau Huck", grüßten wir betont freundlich.

Frau Huck warf einen missbilligenden Blick auf meine nackten Beine und Finns verwaschene Jogginghose und humpelte die fünf Stufen zur Haustür herunter.

„Na, immer noch arbeitslos, Frau Roth?" fragte sie spitz.

„Nicht mehr lange, Frau Huck. In naher Zukunft werde ich wieder die besondere Ehre haben, mit meinen Beitragszahlungen für Ihre Rente aufkommen zu dürfen", versetzte ich freundlich lächelnd.

Finn erlitt schlagartig einen akuten Hustenanfall, während Frau Huck mir einen eisigen Blick zuwarf und hocherhobenen Hauptes an uns vorbeirauschte, so gut es ihr künstliches Hüftgelenk zuließ.

Finn und ich schauten uns an und brachen in brüllendes Gelächter aus.

„Bei der hast du verschissen bis zur nächsten Eiszeit", japste er.

„Egal. Das lag mir schon lange auf der Zunge. Sie stellt mich immer als arbeitsscheue Schmarotzerin hin und ich habe echt keine Lust mehr, mich ständig zu rechtfertigen", entgegnete ich unbekümmert. „Schönen Tag noch, Finn!"

„Ciao, Alexa!"

Beschwingt stieg ich die Treppe hoch.

* * * * *

Nicht einmal die drei DIN-A4-Umschläge, die ich mittags aus dem Briefkasten zog, konnten meine gute Laune trüben.

Evelyn Wolf von der Firma Verpackungs-Greiner schrieb kurz und sachlich.

„Sehr geehrte Frau Roth, besten Dank für Ihr Interesse an unserem Unternehmen. Leider konnten wir Sie bei der Besetzung der ausgeschriebenen Stelle nicht berücksichtigen. Wir wünschen Ihnen jedoch viel Erfolg bei der weiteren Suche und senden Ihnen anbei zu unserer Entlastung Ihre Unterlagen zurück."

Herr Hammel von der Firma Scharf war da schon etwas weniger einfühlsam.

„Hallo Frau Roth, viele Bewerber, aber nur eine Stelle! Pech gehabt - viel Glück beim nächsten Mal!"

Im dritten Umschlag befanden sich meine Unterlagen, die ich der Firma Rasenmäher-Rummel freundlicherweise zur Verfügung gestellt und die Herr Schmalzried so kreativ mit seinen Zeichnungen versehen hatte. Der Ton war äußerst kühl. Kein Wunder, hatte ich doch eine Woche nach meinem Gespräch mit Herrn Schmalzried und Co. ein Fax geschickt und den Posten als Assistentin der Geschäftsleitung abgelehnt.

Pfeifend warf ich den Brief weg. Jetzt spielten wir das Spiel einmal mit vertauschten Rollen und ich war diejenige, die die Zuschriften in Pro- und Contra-Stapel sortierte. Ich konnte es kaum abwarten.

* * * * *

Finn brachte mir am Montagmorgen erneut ein paar Akten vorbei.

„Meine Güte, du ertrinkst ja förmlich in Arbeit", meinte ich erstaunt. „Wenn das so weitergeht, kann ich bald bei dir einsteigen!"

„Von mir aus sofort. Leider ist das Genua-Projekt demnächst abgeschlossen und als Nächstes droht ein größeres Projekt in Marseille."

Ich hob abwehrend die Hände.

„Mit dieser Sprache konnte ich noch nie etwas anfangen. Außer ,Voulez-vous danser?' ist nicht viel hängengeblieben und ich glaube nicht, dass sich das sinnvoll in deine Texte integrieren lässt."

Finn verschwand und ich machte mich an die Arbeit. Die Texte waren so unendlich spannend wie beim letzten Mal, aber immerhin konnte ich meine geschmolzenen Geldreserven wieder etwas auffüllen.

Abgesehen davon, dass ich ständig zum Briefkasten rannte, um nachzusehen, ob der Postbote schon da gewesen war, war ich auch ganz gut abgelenkt. Ich konnte es kaum erwarten, meinen Stapel Zuschriften in Empfang zu nehmen. Natürlich war mir klar, dass ich mit den ersten Briefen frühestens am Dienstag rechnen konnte, aber man konnte ja nie wissen!

* * * * *

Am Dienstag wiederholte sich das Spiel. Ich verbrachte mehr Zeit vor unserem Briefkasten als vor dem Laptop.

Unkonzentriert, wie ich war, brachte ich keinen einzigen brauchbaren Satz zustande und so verschob ich die Übersetzung der restlichen Akten auf den nächsten Tag.

Am Mittwoch war es dann endlich soweit: Mit zitternden Fingern zog ich ein dickes braunes DIN-A4-Kuvert aus dem Briefkasten. Mann, war das vielleicht spannend!

Ich goss mir eine Tasse Kaffee ein und riss den Umschlag auf. Acht Zuschriften! Womöglich war mein Traumjob schon dabei?

Ich nahm mir den ersten Brief vor. Die Chiffre-Nummer war von Hand schlampig auf den Umschlag geschrieben worden. Auf den ersten Blick wirkte das nicht sehr professionell. Nun gut, es kam ja schließlich auf den Inhalt an.

Ich öffnete das Kuvert und überflog gespannt den Text. „Sehr geehrte Inserentin, Sie haben eine Anzeige veröffentlicht, um eine Arbeitsstelle zu finden. Sicher wird der ein oder andere Arbeitgeber Ihr Engagement bemerkenswert finden und Ihnen vielleicht auch antworten. Damit hätten Sie Ihr Ziel erreicht. Haben Sie sich aber auch schon einmal Gedanken darüber gemacht, dass Ihr Ziel ganz woanders liegen könnte? Sie stehen nun an einer Weggabelung und haben die einmalige Chance, sich für ein neues spannendes Berufsleben zu entscheiden. Könnten Sie sich vorstellen, auf selbstständiger Basis tätig und beruflich erfolgreich zu sein? Bei freier Zeiteinteilung und völlig ohne Risiko? Zögern Sie nicht! Rufen Sie mich an!"

Kopfschüttelnd legte ich den Brief beiseite. Gab es tatsächlich irgendwelche armen Irren, die unterbelichtet genug waren, sich auf etwas so Schwammiges einzulassen? In meinem Fall hatte er sein Porto jedenfalls verschwendet.

Ich öffnete den nächsten Umschlag. Die Schrift war in grellgrün gehalten und tat in den Augen weh. Ich las: „Die Kaiserin der Pflanzen – Aloe Vera. Aloe Vera ist seit 5000 Jahren die älteste bekannte Pflanze mit über 260 wissenschaftlich belegten Inhaltsstoffen. Informieren Sie sich über die vielfältige Anwendungs- und Wirkungsweise dieser einzigartigen Wüstenlilie. Davon hat jeder Unternehmer schon geträumt: endlich ein einzigartiges, konkurrenzloses Produkt zu vermarkten. Greifen Sie zu – denn es könnten Jahrzehnte vergehen, bis sich Ihnen erneut eine solche Gelegenheit bietet! Wir suchen in Deutschland geeignete Vertriebspartner mit Biss und Verstand. Sollte es für Sie interessant sein, sich in den nächsten Jahren ein Einkommen im sechsstelligen Euro-Bereich aufzubauen, fordern Sie einfach unsere umfangreichen, kostenlosen Vertriebsinformationen an."

Super! Genau davon hatte ich schon immer geträumt! Ich würde mit einem Kofferraum voll giftgrüner Tiegel und Tuben mit der Aloe-Vera-Supercreme die Straßen abfahren, Dutzende frustrierte Hausfrauen bequatschen und Millionen damit verdienen. Fing ja wirklich gut an!

Der nächste Brief war zwar wenigstens seriös – ein Chefarzt suchte eine Sekretärin mit angenehmer Erscheinung – aber auch nicht gerade das, was ich mir erhofft hatte. Bei der Vorstellung, wie ich im kurzen Faltenröckchen auf seinem Schoß saß und das Diktat aufnahm, verzog ich das Gesicht. Nein, danke!

Die nächsten fünf Umschläge enthielten Angebote von Versicherungen, die Außendienstmitarbeiter suchten – um Himmels willen! - sowie ein sehr nettes Schreiben von einer Event-Agentur, deren Sitz allerdings 85 Kilometer entfernt war.

Seufzend nahm ich mir den letzten Brief vor. Der speckige Umschlag sprach bereits Bände, aber immerhin brachte mich der Inhalt wenigstens zum Lachen: „Hallo Dame, ich interessiere für gesuchte Stelle. Wenn du auch, telefonieren mich an unter gegebener Mobilnummer. Grußel!" Gruß zurück! Wir zwei kommen wohl nicht zusammen.

Nach einer halben Stunde war ich um einige Illusionen

ärmer und um eine Erfahrung und reichlich Altpapier reicher. Ich konnte nur auf die nächste Ladung hoffen.

Immerhin war ich nun wieder in der Lage, mich auf Finns Akten zu konzentrieren.

* * * * *

Die folgenden Tage brachten auch nicht den gewünschten Erfolg. Ich erhielt weitere 19 Zuschriften, die den ersten acht leider sehr ähnelten. Es wurden weitere Außendienstmitarbeiter für Versicherungen sowie Kommunikationstalente gesucht, die mit einem noch-nie-da-gewesenen, konkurrenzlosen Produkt ohne größere Anstrengung Unsummen verdienen wollten.

Auch die Scientologen hatten mir geschrieben und mir mitgeteilt, dass ich nur zehn Prozent meines geistigen Potenzials nutzen würde. Tja, das war wahrscheinlich immer noch mehr, als die meisten Sektenmitglieder nach diversen Gehirnwäschen zu bieten hatten.

Eine Woche nach Erscheinen meiner Anzeige zogen Holger und ich Bilanz.

„Das Geld hätte ich mir wirklich sparen können", seufzte ich.

Holger zuckte mit den Schultern. „Hinterher ist man immer schlauer. Wer konnte denn ahnen, dass so viel Schrott dabei ist?"

„Nur Schrott!" verbesserte ich ihn.

Holger widersprach. „Immerhin klang die Zuschrift von der Event-Agentur doch ganz nett. Aber die Entfernung ..."

„Ob ich trotzdem hinschreiben soll?" meinte ich zweifelnd.

Holger winkte ab. „Vergiss es! Zweimal täglich im Dauerstau auf der Autobahn, das halten deine armen, kleinen Nerven sowieso nicht aus."

„Auch wieder wahr. Ganz zu schweigen von den günstigen Benzinpreisen!"

Ich schob die Briefe zusammen. „Reichst du mir bitte mal den Stellenmarkt?"

* * * * *

Mein 29. Geburtstag rückte näher. Ich hatte mir vorgenommen, freitagabends nur im kleinen Kreis zu feiern und samstags mit Holger und unseren ,neuen', alten Vespas eine Einweihungstour an den Bodensee zu fahren.

Trotzdem hielten mich die Vorbereitungen für die Feier und die restlichen Übersetzungen für Finn so auf Trab, dass meine Arbeitslosigkeit für den Moment ausnahmsweise etwas in den Hintergrund rückte.

Freitagmorgens rührte ich bereits um kurz nach neun in meiner legendären Gulaschsuppe, als das Telefon klingelte.

Hoppla, die ersten Gratulanten waren aber wirklich früh dran!

„Roth?" meldete ich mich freudig.

„Hier spricht deine Tante Hilde!"

Mir fiel vor Schreck fast der Hörer aus der Hand. Wäre Edgar Wallace am Telefon gewesen, mein Erstaunen hätte kaum größer sein können.

„Hallo, Tante Hilde", begrüßte ich sie lahm. „So eine Überraschung!"

„Ich habe neulich mit deiner Mutter telefoniert und sie hat mir erzählt, dass du immer noch arbeitslos bist."

Die Betonung lag mehr oder weniger dezent auf ,immer noch' und ich sah bereits wieder rot.

„Das stimmt leider", antwortete ich mühsam beherrscht. „Aber die Situation auf dem Arbeitsmarkt ..."

„... ist mir durchaus bekannt", unterbrach mich Tante Hilde streng. „Hör zu, ein Bekannter von mir sucht eine Assistentin. Ich habe ihm von dir erzählt und er würde sich deine Bewerbungsunterlagen gerne einmal anschauen."

Sie diktierte mir die Adresse und ich schrieb brav mit.

„Ich habe ihm gesagt, dass du ihm die Unterlagen Anfang

nächster Woche zuschicken wirst, also blamiere mich bitte nicht!"

Schön, dass du mich vorher gefragt hast! Wütend rührte ich in der Suppe und bemühte mich um einen neutralen Ton.

„Mache ich, Tante Hilde. Danke für deine Hilfe!"

„Schon gut. Viel Erfolg! Und – Alexa ..."

„Ja, bitte?" Herrgott, was denn noch?

„... einen schönen Geburtstag noch!"

„Äh ... danke!" stammelte ich verdutzt in den Hörer, aber Hilde hatte bereits aufgelegt. Nachdenklich legte ich das Telefon weg.

* * * * *

„... aber sie hätte mich wenigstens vorher fragen können", beklagte ich mich bei meiner Mutter, als wir gemeinsam die Spülmaschine einräumten.

Die Party war trotz weniger Gäste ein voller Erfolg. Von meiner Gulaschsuppe war nur ein kläglicher Rest übrig geblieben und auch die Kinder hatten ihre Pommes mit Würstchen bis auf den letzten Krümel verdrückt. Nun wurde im Wohnzimmer in feuchtfröhlicher Runde lautstark diskutiert und gelacht.

„Jetzt sei doch nicht so streng mit ihr. Sie hat es doch nur gut gemeint", versuchte mich meine Mutter zu besänftigen. „Tante Hilde ist eben noch vom alten Schlag."

„Das mag ja sein, aber ich kann mit dieser Gutsherrenart trotzdem nichts anfangen. Du hast uns eben zu lasch erzogen, Mom", neckte ich sie.

Meine Mutter lachte. „Scheint so!"

Es klingelte.

„Erwartest du jetzt noch Gäste?" fragte meine Mutter erstaunt mit einem Blick auf die Küchenuhr.

„Eigentlich nicht." Ich ging zur Tür und öffnete.

Finn stand mit einem riesigen Blumenstrauß im Treppenhaus. „Alles Liebe zum Geburtstag, Alexa!"

„Woher weißt du?" fragte ich verblüfft.

Finn grinste. „Ich habe da eben so meine Quellen. Sorry, dass ich so spät noch störe, aber ich hatte noch ein Meeting mit einem neuen Kunden, das sich leider etwas in die Länge gezogen hat."

„Du störst doch nicht. Komm rein!" Ich zog ihn in die Wohnung.

„Der ist ja echt superschön!" Ich versenkte meine Nase tief in dem bunten Strauß und atmete den wundervollen Duft ein. „Vielen lieben Dank, Finn!"

„Ich will dir ja nicht die Stimmung verderben, aber Frau Huck ist im Anmarsch und will sich beschweren. Es ist nach zehn Uhr und sie kann nicht schlafen."

„Wie bitte? Erstens wohnt sie im Erdgeschoss und zweitens ist sie doch sowieso halb taub!"

„Ist aber so. Ich habe sie im zweiten Stock überholt, wo sie eine Atempause eingelegt hat."

Ich stöhnte genervt. „Immer dieses Theater."

Prompt klingelte es Sturm. Ich verdrehte die Augen und wollte mich schon in mein Schicksal fügen, als mein Schwager, der gerade von der Toilette zurückkam, bereits die Tür öffnete.

Frau Huck war sichtlich irritiert. Erik hatte sich schon den ein oder anderen Ramazzotti genehmigt und verbeugte sich schwankend vor Frau Huck.

„Einen schönen guten Abend, gnädige Frau. Womit kann ich Ihnen denn dienen?" fragte er mit schwerer Stimme und lächelte sie entrückt an.

Diese Begrüßung brachte Frau Huck sichtlich aus dem Konzept. Bevor sie den Mund öffnen konnte, um etwas zu sagen, bot ihr Erik schon seinen Arm, versuchte, die Hacken zackig aneinander zu knallen und dröhnte: „Darf ich Sie um den nächsten Tanz bitten?"

Frau Huck stammelte etwas Unverständliches und trat den Rückzug an. Erik knödelte im schönsten Besoffenen-Tenor ‚Im schönsten Wiesengrunde' und drehte sich im Treppenhaus schwankend um die eigene Achse. Frau Huck floh die Treppe hinunter. Erik winkte ihr huldvoll nach.

„Wann hat mein lieber Schwager eigentlich sein Faible für deutsches Liedgut entdeckt?" kicherte ich, während Heidi sich mit hochrotem Kopf bemühte, ihn wieder ins Wohnzimmer zu bugsieren. „Mein Gott, mit dir blamiert man sich ja wirklich überall!"

* * * * *

Am nächsten Tag brachen Holger und ich zwar später als geplant, aber in bester Laune und bei schönstem Wetter Richtung Bodensee auf. Die Vespas liefen wie geschmiert und der knatternde Sound versetzte uns richtig in Urlaubsstimmung. Dolce vita, wir kommen!

Am frühen Nachmittag hatten wir unser Ziel erreicht und genehmigten uns in einem niedlichen Café eine leckere Eisschokolade. Wir genossen die Sonne, das Nichtstun und lästerten über die teils gewagte Garderobe vorübergehender Touristen. Herz, was begehrst du mehr?

Nach zwei Stunden machten wir uns auf den Weg zu unserem Camping-Platz. Ich hatte zwar noch nie gezeltet, wollte die Übernachtungskosten aber aufgrund meines miserablen Kontostandes in Grenzen halten. Also hatten wir uns gegen ein Hotel entschieden und Holgers steinaltes Iglu aus dem Keller gekramt.

Gemeinsam machten wir uns an den Aufbau.

„Gib mir doch bitte mal das Tütchen mit den Heringen", bat Holger.

Ich wühlte erfolglos in der Tasche herum. „Da ist nichts mehr."

„Natürlich ist das da drin. Lass mich mal schauen!"
Leider hatte Holger nicht mehr Erfolg als ich. „Das gibt es doch nicht. Wo ist denn die verflixte Tüte abgeblieben? So ein Mist!"

„Und jetzt?"

„Keine Ahnung!" Ratlos sahen wir uns an.

„Probleme?" sprach uns eine etwas ältere Dame in einem schreiend-pinken, tief ausgeschnittenen Strandkleid an.

Alle Achtung, die traute sich ja was! Ich starrte fasziniert auf den Fransensaum des Kleides, der viel Bein zeigte.

Holger erklärte ihr die Situation.

„Das haben wir gleich", erklärte sie resolut, stapfte von dannen und kam kurze Zeit später in Begleitung eines Männchens zurück. Ihr Begleiter war fast einen Kopf kleiner, machte das aber durch einen gewaltigen Bierbauch wieder wett.

„Das ist die Gisela und ich bin der Erich", dröhnte er in einem Bass, den ich ihm nie und nimmer zugetraut hätte.

Gisela hatte ihn offensichtlich bereits gebrieft, denn noch bevor Holger oder ich den Mund aufmachen konnten, um uns unsererseits vorzustellen, dröhnte Erich bereits weiter: „Komm mit, Junge. Unser Wohnmobil steht gleich dort drüben. Ich glaube, ich habe in meinem Werkzeugkasten noch ein paar Heringe, die könnt ihr gerne haben."

Wow, das war wohl die wahre Hilfsbereitschaft unter Campern! Ich war wirklich beeindruckt.

Gisela zupfte in der Zwischenzeit fachmännisch an unserem Iglu herum und erzählte mir ihre Lebensgeschichte im Schnelldurchlauf.

Sie war mit einem Bankdirektor verheiratet gewesen und hatte drei Kinder, die alle bereits erwachsen waren. Ihr ganzes Leben war ausschließlich darauf ausgerichtet gewesen, im Hintergrund zu agieren, ihrem Mann den Rücken freizuhalten und die Kinder zu verwöhnen, sprich: es allen recht zu machen. Nach dem plötzlichen Tod ihres Mannes war sie schwer krank geworden und hatte während der Reha Erich kennengelernt. Durch ihn hatte sie ihr Selbstwertgefühl und den Spaß am Leben wieder gefunden und sich vom – wie sie es nannte – oberspießbürgerlichen Leben losgesagt.

Im Sommer pilgerte sie mit Erich und seinem Wohnmobil durch Europa, während sie die Winter in seiner Finca auf den Kanaren verbrachten. Ihre Kinder versuchten vergeblich, sie ,zur Vernunft' zu bringen, da sie ,Angst um ihr Erbe' hatten, wie Gisela boshaft hinzufügte.

Ich hörte fasziniert zu und erzählte auf ihre Nachfrage hin ein wenig über Holger und mich. Unser Leben kam mir plötzlich total fad vor.

* * * * *

Nachdem Holger und Erich mit den Heringen zurück waren, stand unser Iglu innerhalb weniger Minuten. Nun ja, komfortabel war etwas anderes, aber ich hatte es ja so gewollt. Camper-Romantik am Bodensee. Hoffentlich regnete es wenigstens nicht. Irgendwie sah das alte Iglu nicht so richtig vertrauenserweckend aus. Ich persönlich würde keine Wette darauf abschließen, dass das Ding noch wasserdicht war.

Wir bedankten uns nochmals überschwänglich bei Erich und Gisela und ich fand es eigentlich ziemlich schade, dass wir unsere neuen Bekannten schon wieder aus den Augen verlieren sollten, als die beiden vorschlugen, noch gemeinsam auf dem Dorffest einen Happen zu essen und die ein oder andere Flasche Bier zu vernichten.

„Das heißt, falls wir für euch junges Gemüse nicht zu alt und langweilig sind", fügte Gisela augenzwinkernd hinzu, worauf Holger und ich sofort protestierten.

Fröhlich plaudernd zogen wir los und es wurde ein richtig witziger Abend. Gisela erzählte einige spannende Geschichten aus ihrem Nomadenleben und Erich würzte die Stories mit den entsprechend deftigen Zoten. Als Holger und ich von unserer geplanten Hochzeit erzählten, kassierten wir jede Menge guter Ratschläge das Eheleben betreffend, sodass wir uns vor Lachen bogen.

Es war ein rundum gelungener Abend, und als wir gegen Mitternacht das Fest verließen und eingehakt Richtung Campingplatz schwankten, bedauerte ich wirklich, dass wir bereits am nächsten Tag wieder nach Hause fahren mussten.

* * * * *

Gegen halb zwei wachte ich auf. Mir war schwindelig und ich fühlte mich hundeelend. Was war das denn? Seit wann warfen mich denn drei Bier und zwei Kurze so aus der Bahn? Vielleicht war es auch nur die stickige Luft in dem kleinen Zelt.

Ich robbte mitsamt dem Schlafsack zum Ausgang und zog den Reißverschluss auf, wobei ich mich bemühte, Holger nicht aufzuwecken, was einer logistischen Glanzleistung gleichkam. Leider half die frische Luft nicht im Geringsten; im Gegenteil, mir wurde von Minute zu Minute übler. Was konnte das bloß sein?

Ich überlegte. Das hatte ich sicher der Curry-Wurst zu verdanken. Meiner Meinung nach hatte diese bereits einen merkwürdigen Eigengeschmack entwickelt, aber Holger hatte mich wegen meiner Verfallsdatum-Phobie mal wieder als Paranoiker hingestellt.

Hilfe, wo war hier die nächste Toilette? Ich wollte ungern hemmungslos aus dem Zelt reihern. Es war zwar stockdunkel, aber der nächste Morgen kam bestimmt.

Holger gab leise Röchellaute von sich. Wie gemein! Der schien ja echt gut zu schlafen! Aber nicht mehr lange. Ich brauchte dringend Trost und Ansprache!

Ich zog erst zaghaft, dann energischer an seinem Schlafsack.

„Holger, wach auf! Mir ist schlecht", jammerte ich mitleiderregend.

Es dauerte eine ganze Weile, bis ich ihn wach bekam. Super, ich könnte hier neben ihm krepieren und er würde es nicht mal merken!

„So schlimm?"

„Ich sterbe. Wo ist die nächste Toilette?" Mittlerweile konnte ich für nichts mehr garantieren.

Holger hatte inzwischen den Ernst der Lage erfasst und suchte hektisch nach der Taschenlampe. Ich tastete nach meinen Turnschuhen. Meine Magensäfte rumorten immer heftiger. Hektisch stolperten wir im schwachen Schein der Taschenlampe zum Waschsaal, der zum Glück verlassen war.

Ich taumelte in die erstbeste Kabine. Keine Sekunde zu früh! Im Radio gaben die Wildecker Herzbuben ein Medley ihrer größten Hits von sich und ich hing würgend über der Schüssel. Womit hatte ich das nur verdient? Da war man ja doppelt gestraft!

Nach zehn Minuten schien das Schlimmste vorbei zu sein und ich fühlte mich einigermaßen in der Lage, den Waschsaal wieder zu verlassen.

Holger stand fröstelnd vor der Tür und rieb sich die Oberarme. „Besser?"

„Hält sich noch in Grenzen. Ich muss mir irgendwie den Magen verdorben habe. Aber jetzt müsste es ja besser werden", meinte ich tapfer.

Von wegen. Wir wiederholten die Übung nochmals um halb drei und um halb fünf. Um fünf lag ich fix und fertig mit angezogenen Schuhen auf meinem Schlafsack. Die Vögel tirilierten, es wurde langsam hell und ich wollte nur noch sterben.

„Soll ich dich nicht lieber zum Arzt bringen?" fragte Holger besorgt.

„Bloß das nicht. Ich rühre mich hier nicht von der Stelle", ächzte ich.

„Kann ich dich einen Moment allein lassen? Ich könnte eine Dusche vertragen. "

„Ja, geh nur. Ich laufe auch in der Zwischenzeit nicht weg", versuchte ich zu scherzen.

Holger war kurze Zeit später wieder zurück und hatte einen rettenden Engel im Schlepptau. Er war Gisela auf dem Weg zum Waschsaal begegnet und diese hatte sogleich in ihrer Reiseapotheke gekramt.

„Was machst du denn für Sachen, Kindchen?" fragte sie mitleidig und ich hätte am liebsten losgeflennt.

„Hier, nimm davon mal ein paar Tropfen, dann geht es dir gleich wieder besser. Ist ein wahres Wundermittel."

Gisela schüttete mir mangels Löffel gleich die halbe Flasche in meinen geöffneten Mund. Bäh, war das bitter. Ich verzog den Mund. Was so eklig schmeckte, konnte ja nur helfen.

Und das tat es in der Tat. Nach einer halben Stunde war mir bereits nicht mehr ganz so elend und die Vorstellung, heute noch zwei bis drei Stunden auf der Vespa zu verbringen, verlor etwas an Schrecken. Ich fühlte mich zwar noch ziemlich wackelig, aber mein Magen schien sein Gleichgewicht langsam wiederzufinden.

Gisela saß den ganzen Morgen neben mir und leistete mir Gesellschaft. Wir redeten zwar fast nichts, aber es war ein angenehmes und kein peinliches Schweigen.

Am späten Vormittag gingen Holger und Erich zum Kiosk, um Frühstück zu besorgen. Mir war zwar nicht wirklich danach zumute, dennoch nagte ich tapfer an einem halben Brötchen herum, während sich die anderen Giselas schmackhaftes Rührei mit Schinken schmecken ließen und literweise Kaffee in sich hineinschütteten. Für mich gab es leckeren Kamillentee, den ich schon als Kind zutiefst gehasst hatte.

Wir verbrachten auch den Rest des Tages mit unseren neuen Freunden, relaxten in deren Liegestühlen und spielten stundenlang Karten. Als der Abend immer näher rückte und Holger schließlich unsere Vespas bepackte, wurde mir richtig weh ums Herz. Ich hatte Erich und Gisela echt lieb gewonnen und wäre auch durchaus nicht abgeneigt gewesen, das freie Vagabundenleben noch ein wenig länger zu genießen. Ob wir die beiden jemals wieder sehen würden? Wahrscheinlich nicht. Schade. Sehr schade sogar!

„Tja, dann müssen wir wohl los. War echt toll, euch kennen gelernt zu haben!" meinte ich etwas hölzern und streckte Gisela die Hand hin.

„Nee, also so kommst du mir nicht davon. Verabschiedet man sich etwa auf diese Weise von seinen Freunden?" fragte Gisela mit gespielter Empörung und nahm mich ganz fest in den Arm.

„Und wenn euch zu Hause mal die Decke auf den Kopf fällt, kommt ihr uns einfach besuchen, nicht wahr, Erich?"

Erich nickte zustimmend und kritzelte seine Handynummer auf ein Blatt Papier. „Glaubt bloß nicht, dass eure Hochzeit ohne uns stattfindet."

Holger lachte in Erinnerung an den gestrigen Abend. „Das würden wir uns nie erlauben, wo ihr uns doch so viele gute Tipps gegeben habt!"

„Ihr seid unsere Ehrengäste, ist ja wohl klar", versprach ich und schwang mich auf meine Vespa. „Passt auf euch auf!"

Wir knatterten langsam los Richtung Heimat und hupten laut, bis die zwei winkenden Gestalten im Rückspiegel verschwunden waren.

* * * * *

Die vorangegangene schlaflose Nacht forderte ihren Tribut und so gönnte ich mir am Montagmorgen den Luxus, endlos lange auszuschlafen. So ein schönes weiches Bett war wahrlich auch nicht zu verachten.

Gegen Mittag stand ich auf, duschte ausgiebig und setzte mich danach mit der gehassten Samstagszeitung, einer Tasse Kaffee und einem Früchtemüsli auf den Balkon.

Ohne große Hoffnung blätterte ich die Stellenanzeigen durch, wurde aber zu meinem großen Erstaunen positiv über-rascht. Ich fand tatsächlich zwei Angebote, die sehr interessant klangen und deren Anforderungsprofile von realistisch den-kenden Personalchefs erstellt zu sein schienen. Eine Rarität!

Gut gelaunt klappte ich die Zeitung wieder zu, nicht ohne vorher noch einen mitleidigen Blick auf die Stellengesuche geworfen zu haben. Alle ohne Job und voller Hoffnung, sich durch Engagement und Eigeninitiative einen kleinen Vorsprung auf dem überfüllten Arbeitsmarkt zu verschaffen. Leider hatten es die Unternehmen heutzutage nicht mehr nötig, auch nur einen Blick auf diese Seite zu verschwenden, da ihnen die Arbeitswilligen von sich aus die Bude einrannten.

* * * * *

Nachdem ich die zwei Bewerbungen geschrieben und auch die Unterlagen für Tante Hildes Bekannten zusammengestellt hatte, machte ich mich auf den Weg zu Post.

Ich hing meinen Gedanken nach, bis ich bemerkte, dass mich der Mann, der vor mir in der Schlange stand, unverblümt musterte. Sein Blick blieb auffällig lange an meinen DIN-A4-Umschlägen hängen.

Demonstrativ drehte ich sie um, sodass die Empfänger-adressen nicht mehr zu erkennen waren, und blickte ihn herausfordernd an.

„Bewerbungen, was?" sprach er mich prompt an.

Was zum Teufel ging den das eigentlich an?

„Woher wollen Sie das wissen?" fragte ich kühl.

Er lächelte überlegen. „Ist nicht schwer zu erraten. Wer einen Job hat, sitzt um diese Zeit für gewöhnlich brav an seinem Schreibtisch."

Ich sah demonstrativ in eine andere Richtung, um ihm klar zu machen, dass das Gespräch hiermit beendet war, und bemerkte, dass uns die anderen Leute in der Schlange interessiert musterten. Toll! Jetzt hatte ich unfreiwillig auch noch zur Unterhaltung der anderen Wartenden beigetragen. Und alle wussten jetzt, dass auch ich das Stigma der Arbeits-losigkeit trug.

Nach endlos langer Zeit war ich endlich an der Reihe. Der Postbeamte, der bereits vorher sensationsgierig aus seinem Glaskasten geglotzt hatte, klebte mit Hingabe die Marken auf meine Umschläge.

„Viel Glück!" flüsterte er mir noch vertraulich zu. Ich nickte ihm halbherzig zu und floh im Eiltempo vom Ort meines unfreiwilligen Outings.

Was für ein schöner Morgen! Warum zum Teufel akzeptierten eigentlich immer noch so viele Unternehmen keine E-Mail-Bewerbungen?

* * * * *

Die Tage zogen sich dahin wie zäher Kaugummi. Ich wusste absolut nichts mit mir anzufangen und tigerte gelangweilt in der Wohnung herum.

Ausnahmsweise fand ich nicht einmal in meiner geliebten Werkstatt Trost. Die schöne, alte Holztruhe, die ich neulich auf dem Sperrmüll gefunden und keuchend nach Hause geschleppt hatte, wartete vergeblich auf einen neuen Anstrich.

Auch Finn hatte keine Aufträge mehr für mich. Immerhin drückte er mir einen dicken Umschlag in die Hand. Mit großen Augen zählte ich das Bündel Geldscheine. Finn hatte den vereinbarten Betrag großzügig nach oben korrigiert und sogar noch eine Karte dazugelegt: „Hallo Lieblingsnachbarin, habe meinen guten Ruf nicht zuletzt deiner Hilfe zu verdanken. Geh mal wieder ausgiebig shoppen – du hast es dir verdient! Liebe Grüße, Finn. P.S.: Wenn ich könnte, würde ich dich sofort einstellen!"

Ich war gerührt. Wie lieb von ihm. Und was für ein verlockender Gedanke, endlich mal wieder hemmungslos die Läden unsicher zu machen. Leider siegte ausnahmsweise meine Vernunft.

Ich seufzte tief, verbannte alle Gedanken an eine exzessive Shopping-Orgie und steckte das Geld in mein Sparschwein.

* * * * *

Ich hatte mich mit Heidi in der Stadt zum Kaffeetrinken verabredet. Als ich bereits die Klinke in der Hand hatte, klingelte es an der Tür.

Der Paketdienst. Frau Huck sei nicht da, ob ich eine Sendung für sie entgegennehmen könne? Nichts lieber als das, dachte ich sarkastisch.

Leider musste ich auch noch Nachporto bezahlen, was bedeutete, dass ich ihr das Paket nicht einfach vor die Tür stellen konnte. Es sei denn, ich verzichtete auf die drei Euro. Was war da jetzt das kleinere Übel?

Ich kramte gerade mein ganzes Kleingeld zusammen, als das Telefon klingelte. Klar, immer wenn man sowieso schon zu spät dran war.

„Moment bitte", meldete ich mich unfreundlich und legte den Hörer beiseite. Ich überzeugte den Paketboten, mir die restlichen zwei Cent zu erlassen, unterschrieb die Quittung und hechelte ans Telefon zurück.

„Roth?"

„Guten Tag, Frau Roth. Mein Name ist Lindauer von der Firma Oss. Sie hatten uns diese Woche Ihre Bewerbungsunterlagen geschickt und Herr Dr. Rehm würde gerne einen Termin für ein persönliches Gespräch mit Ihnen vereinbaren", meldete sich eine weibliche Stimme, die sich keine Mühe machte, ihre Gereiztheit zu verbergen.

Der Bekannte von Tante Hilde! Und ich fertigte seine Sekretärin am Telefon aus Versehen ab wie einen lästigen Bittsteller.

Ich war über mich selbst so entsetzt, dass ich kein Wort herausbrachte.

„Montag um 10.00 Uhr?" fragte Frau Lindauer mit kalter Stimme.

Ich räusperte mich und schlug einen ausgesucht höflichen Ton an. „Das passt mir ausgezeichnet, Frau Lindauer. Bitte entschuldigen Sie, dass ich Sie gerade eben warten ließ."

Frau Lindauer überging meinen Versuch, gut Wetter zu machen.

„Melden Sie sich dann bitte an Tor eins. Benötigen Sie eine Anfahrtsskizze?"

„Nein, vielen Dank!"

Bevor ich noch etwas sagen konnte, war die Leitung tot. Mist!

* * * * *

„... und alles nur wegen dem Paket für die Huck!" seufzte ich und stocherte lustlos in meinem Himbeerkuchen herum.

Heidi schob sich das letzte Stück Schokoladentorte in den Mund und zog sich dann meinen Teller heran. „Der leckere Kuchen", meinte sie missbilligend.

„Mir ist der Appetit echt vergangen. Da habe ich nach Wochen wieder einmal ein Gespräch in Aussicht und ich verderbe es mir gleich mit der Sekretärin. Wie kann man nur so blöd sein?"

Heidi verdrehte die Augen. „Jetzt reg dich doch nicht so auf. Wahrscheinlich trägt sie den Termin einfach in seinen Kalender ein und fertig."

„Nein, sie erzählt es ihm. Ich jedenfalls würde es tun", beharrte ich. „Himmel hilf! Der hat gleich den richtigen Eindruck von mir, noch bevor ich einen Fuß in sein Büro gesetzt habe."

„Dann musst du diesen Eindruck eben mit einem besonders tiefen Ausschnitt wieder korrigieren", scherzte Heidi mit vollem Mund.

Ich schnitt eine Grimasse. „Die Weibchen-Masche, super. Ich will aber wegen meiner überragenden Fähigkeiten eingestellt werden und nicht wegen meines fantastischen Aussehens." Affektiert strich ich mir durch die Locken und klimperte mit den Wimpern.

Heidi grinste. „Schätzchen, weswegen du eingestellt wirst, ist doch völlig egal. Dein Talent kannst du immer noch unter Beweis stellen, wenn du den Arbeitsvertrag unterschrieben hast."

„Falls es überhaupt soweit kommt", antwortete ich pessimistisch.

„Etwas mehr Selbstvertrauen, bitte. Außerdem solltest du

den Hilde-Bonus nicht unterschätzen."

Ich stöhnte. „Erinnere mich bloß nicht daran. Dieser unselige Geburtstag rückt ja auch immer näher."

„So schlimm wird es schon nicht werden. Denk nur an das leckere Buffet!" Heidis Gesicht nahm einen verträumten Ausdruck an.

„Ist Erik immer noch auf Diät?" fragte ich.

„Offiziell schon."

„Und inoffiziell?"

„Habe ich ihn neulich nachts am Kühlschrank erwischt, als ich auf die Toilette musste. Er hat zwar so getan, als wolle er nur einen Schluck trinken, aber am Morgen habe ich festgestellt, dass ein Paar Landjäger offensichtlich Beine bekommen haben muss. Seitdem nimmt er abends ab sechs Uhr demonstrativ nur noch Obst zu sich und ich ernte böse Blicke, wenn ich stattdessen mit den Kindern Würstchen esse."

„Du Ärmste! Sollen wir noch ein Stück Torte für dich bestellen?" neckte ich meine Schwester.

* * * * *

Die Nacht von Sonntag auf Montag war eine einzige Tortur. Ich wachte ständig auf und hatte panische Angst, den Wecker zu überhören.

Am Morgen war ich entsprechend gerädert und sah zu meinem Schrecken leider auch so aus. Zudem drängte sich ständig das Telefonat mit Frau Lindauer in meine Gedanken, was für eine entspannte Vorbereitung auf das Vorstellungsgespräch nicht eben förderlich war.

Ich war schlicht und ergreifend ein einziges Nervenbündel. Sämtliche Entspannungsübungen, über die ich in irgendwelchen klugen Frauenzeitschriften gelesen hatte, versagten, und ich konnte meine konfusen Gedanken auch nicht symbolisch ins Gefrierfach verbannen.

Ich hatte das Gefühl, mit dem Rücken zur Wand zu stehen.

Was, wenn mein einziges Vitamin B versagte? Meine letzte Chance, nachdem mich sonst offenbar niemand einzustellen gedachte?

Die wochenlange Arbeitslosigkeit forderte ihren Tribut. Zum ersten Mal in meinem Leben hatte ich eine vage Ahnung davon, was Zukunftsangst bedeuten konnte.

„Ganz ruhig, Alexa", redete ich mir selbst Mut zu. „Du schaffst das. Du bist ganz entspannt. Tief einatmen."

Ich schloss die Augen, atmete tief ein und aus und sah mich vor meinem inneren Auge stotternd mit knallrotem Kopf und schweißnassen Händen vor Herrn Dr. Rehm sitzen. Nein, so ging das definitiv nicht!

„Meine Güte, stellst du dich vielleicht an", sagte ich zu meinem Spiegelbild. „Pack deinen Charme aus, dann hast du den alten Knacker innerhalb von zwei Minuten um den Finger gewickelt."

Ich lächelte mich verkrampft an. Oh mein Gott! Hilfe!

* * * * *

„Ich habe um 10.00 Uhr einen Termin bei Herrn Dr. Rehm."

„Um 10.00 Uhr? Da sind Sie aber früh dran!" meinte der fesch uniformierte Pförtner mit einem Blick auf die Uhr.

„Man weiß ja nie, ob auf der Strecke Stau ist!" lächelte ich ihn an. Musste der doch nicht wissen, dass ich nur ganze zehn Minuten zu fahren hatte.

„Stimmt, besser zu früh als zu spät bei so einem wichtigen Termin, was?" entgegnete er und riskierte einen langen Blick auf mein Dekolleté. Mist, vielleicht war meine Bluse doch zu gewagt?

„Hier habe ich noch einen Besucher-Ausweis für Sie. Bitte unterschreiben Sie auf der Rückseite."

Ich beugte mich über den Tresen und er fiel mir fast in den Ausschnitt. Super, einen Fan hatte ich also bereits. Leider war es der Falsche. Immerhin hob das mein Selbstvertrauen wieder etwas. Männer waren doch alle gleich einfach gestrickt.

„Sie können dort drüben noch einen Moment Platz nehmen."

Ich beschloss, ihn als Testobjekt zu benutzen.

„Dankeschön!" sagte ich eine halbe Oktave tiefer als sonst, lächelte ihn an und balancierte auf meinen hohen Schuhen provozierend langsam zu der schwarzen Ledercouch. Seine Blicke brannten fast ein Loch in den dünnen Hosenstoff über meinem Hintern.

Ich setzte mich und schlug die Beine lässig übereinander. Nicht mehr lange und dem lief der Geifer übers Kinn.

Na also, klappt doch! Langsam entspannte ich mich wieder etwas.

* * * * *

Wollte der mich weich kochen, oder was? Ich saß bereits seit zehn Minuten allein in dem Besprechungsraum und wartete nervös auf Herrn Dr. Rehm. Dieser hatte angeblich noch ein wichtiges Telefonat zu führen, wie mir Frau Lindauer ohne zu lächeln mitteilte.

Sie war eine durchaus ansehnliche Person mit einer für ihr Alter beachtlich durchtrainierten Figur. Der unfreundliche Gesichtsausdruck wollte eigentlich so gar nicht zu ihr passen.

Tja, offenbar hatte ich es gründlich bei ihr verschissen. So sehr, dass sie es nicht einmal für nötig gehalten hatte, mir einen Kaffee oder ein Wasser anzubieten. In Anbetracht meiner mit Angstpipi gefüllten Blase war ich ihr deswegen jedoch nicht wirklich böse. Ob ich vielleicht doch nochmal kurz auf die Toilette ...?

Mitten in meine Gedanken hinein betrat Herr Dr. Rehm das Zimmer. Ich war angenehm überrascht. Vor mir stand ein außerordentlich attraktiver Mittfünfziger: groß, schlank, braun gebrannt, pfiffige Frisur. Das ließ sich ja gut an!

„Guten Tag, Frau Roth. Tut mir leid, dass Sie etwas warten mussten", entschuldigte er sich mit einem gewinnenden

Lächeln.

Mein Gott, WAS für eine Stimme! Ich war einer Ohnmacht nahe! Womit hatte ich das verdient? Der Typ war die perfekte Mischung aus Fred Fairbrass und Sean Connery.

Schnell stand ich auf und reichte ihm die Hand. „Guten Tag, Herr Dr. Rehm. Vielen Dank für die Einladung."

„Die Nichte meiner reizenden Bekannten Hilde musste ich doch einfach kennen lernen. Nehmen Sie doch bitte Platz, Frau Roth!"

Tante Hilde und reizend? War mir da etwas entgangen? Irgendwas war an diesem Typ wohl doch suspekt. Womöglich waren seine süßen Grübchen das Werk von Onkel Gerald?

Ich setzte mich und Herr Dr. Rehm begann mit seinem Vortrag über das Unternehmen.

Normalerweise hatte ich immer extrem große Schwierigkeiten, das Gähnen zu unterdrücken und gleichzeitig einen interessierten Eindruck zu machen, während sich mein Gegenüber in endlosen Monologen verlor. Aktiv zuhören, lautete die Devise, aber bei so manch weit ausschweifendem Gesprächspartner wurden meine Augenlider wirklich bleischwer.

Nicht so heute. Herr Dr. Rehm brachte die Fakten sehr anschaulich und interessant auf den Punkt, sodass es mich ausnahmsweise keine Mühe kostete, das Gehörte aufzunehmen.

Die Firma Oss hatte sich auf alle möglichen Arten von Fahrtrainings spezialisiert. Egal, ob es sich um Mitarbeiter von Security-Unternehmen, um Cheffahrer oder Testfahrer handelte – jeder Kunde bekam ein speziell auf ihn zugeschnittenes Programm. Das Unternehmen besaß einen sehr guten Ruf und hatte europaweit mittlerweile mehr als zwanzig Filialen. Das Ganze klang ungeheuer spannend und ich war ziemlich beeindruckt.

„So, nun wissen Sie, womit wir unsere Brötchen verdienen, Frau Roth. Jetzt will ich Sie aber in Bezug auf Ihren Arbeitsplatz nicht länger auf die Folter spannen. Die Situation ist folgende: Meine Sekretärin Frau Lindauer wird uns sehr kurzfristig verlassen, um zu ihrem Sohn nach Südamerika zu ziehen. Daher suchen wir jemanden, der die Stelle möglichst schnell – und natürlich kompetent – besetzen kann. Ich selbst bin sehr viel unterwegs und brauche daher im Büro eine engagierte Person mit Rückgrat, die selbstständig Entscheidungen treffen kann und nicht bei jedem Problemchen in eine mittelgroße Krise stürzt. Neben dem kompletten Office Management – Postbearbeitung, Terminvereinbarung, Schriftverkehr und so weiter – fiele auch die Organisation einiger Standardtrainings in Ihren Aufgabenbereich. Ihre hervorragenden Zeugnisse", er blätterte rasch in meinen Unterlagen, „beschreiben Sie als selbstständig arbeitende, loyale Persönlichkeit, die den Blick über den Tellerrand nicht scheut."

Er sah mich mit seinen großen dunklen Augen an. Uff.

„So jemanden brauchen wir hier. Hilde hat außerdem erwähnt, dass Sie relativ rasch zur Verfügung stehen könnten."

Super, Tante Hilde! Wahrscheinlich hatte sie ihm meine Situation in schillernden Farben geschildert. Nicht gerade die beste Voraussetzung, um mein Gehalt in die Höhe zu treiben.

„Das lässt sich sicher einrichten. Momentan arbeite ich zwar noch auf freiberuflicher Basis, aber ich gehe davon aus, dass ein baldiger Einstieg in Ihrem Unternehmen trotzdem möglich sein wird", versuchte ich zu retten, was noch zu retten war. Hoffentlich kannte er niemanden beim Finanzamt.

„Sehr schön, Frau Roth. Wir werden uns sicher einigen können", strahlte er mich an.

Was für ein Zahnpastalächeln. Noch besser als die Zahnarztfrauen aus der Werbung! Ich strahlte verzückt zurück.

Wir handelten noch die üblichen Punkte wie Arbeitszeiten, Probezeit und Urlaub ab. Auch die Gehaltsfrage war zu meinem Erstaunen innerhalb kürzester Zeit geklärt. In Anbetracht des allgegenwärtigen Sparkurses konnte ich damit wirklich zufrieden sein.

„Haben Sie noch Fragen, Frau Roth?"

Nee, hatte ich eigentlich nicht. Allerdings wollte ich auch keinen desinteressierten Eindruck hinterlassen. Hmm, was könnte ich denn noch wissen wollen?

„Wie ist denn die Einarbeitung geregelt?"

Herr Dr. Rehm zögerte kurz und meinte dann betont unbefangen: „Die üblichen Sekretariatsaufgaben sind für Sie ja sicherlich kein Problem und in das Fachspezifische werden Sie von Frau Schnapp eingearbeitet."

Auf meinen fragenden Blick hin fügte er noch hinzu: „Frau Lindauer wird uns bereits Ende der Woche verlassen, sodass eine direkte Übergabe leider nicht möglich sein wird."

„Aha", meinte ich nur in neutralem Ton. Treffer, versenkt! Hier also lag der Hund begraben. Aber egal. Sollte die Lindauer ruhig den Abflug an die Copacabana machen. Möglicherweise war es von Vorteil, wenn ich nicht von jemandem eingelernt werden musste, der bei meinem bloßen Anblick bereits tiefrot sah. Das konnte ja nur schief gehen.

Und wer weiß, vielleicht war ich der geborene Autodidakt und wusste es nur noch nicht, weil mir bis jetzt immer alles in leicht verdaulichen Häppchen vorgekaut wurde?

„Sie haben so hervorragende Referenzen, Frau Roth, dass ich mir bei Ihnen überhaupt keine Sorgen mache", schmeichelte Herr Dr. Rehm.

Charmebolzen! Ich schmolz dahin.

Er versprach, sich in den nächsten Tagen bei mir zu melden und mir seine Entscheidung mitzuteilen.

In bester Laune stöckelte ich zu meinem Cinquino und fuhr laut singend nach Hause.

* * * * *

Leider hörte ich bis zum Monatsende nichts mehr von Herrn Dr. Rehm. Meine letzte Hoffnung stürzte in sich zusammen wie ein Kartenhaus.

„Der will mich nicht", sagte ich am Telefon düster zu Heidi.

Stöhnen am anderen Ende der Leitung. „Jetzt warte doch erst einmal ab. Er hat doch selbst gesagt, dass er ständig unterwegs ist. Vielleicht ist er einfach noch nicht dazu gekommen, sich bei dir zu melden."

„Er wollte aber schnell jemanden einstellen", widersprach ich.

„Alexa, du nervst echt. Du musst eben noch ein bisschen Geduld haben – Jonas, nimm die Finger da weg oder ich vergesse mich!" brüllte Heidi plötzlich los.

„Geduld, was?" meinte ich süffisant. „Du gehst ja mit gutem Beispiel voran!"

„Du kannst da nicht mitreden, du hast schließlich noch keine Kinder!"

„Richtig, deshalb darf ich zum Thema Kindererziehung natürlich auch keine eigene Meinung haben", entgegnete ich spitz.

„Was ist denn mit dir los? Spielst du heute das Sensibelchen?" fragte Heidi verwundert.

Ich seufzte tief. „Tut mir leid. Meine Nerven liegen echt blank. Mein ganzes Leben dreht sich nur noch um Bewerbungen und Absagen. Die ständige Warterei schlaucht tierisch und der Druck wird von Tag zu Tag größer. Und zu guter Letzt holst du dein Ass aus dem Ärmel und stellst fest, dass es auch nur eine Niete war."

„Kopf hoch, Alexa. Das Leben ist zu kurz für ein langes Gesicht. Es kommen auch wieder bessere Zeiten für dich", meinte Heidi mitfühlend.

Ich musste mich beherrschen, um nicht loszuheulen.

* * * * *

Holger fand mich abends in Tränen aufgelöst auf dem Sofa vor.

„Immer noch kein Anruf von Herrn Dr. Rehm?" fragte er vorsichtig.

Ich schüttelte nur den Kopf, krabbelte auf seinen Schoß und ließ mich fest in den Arm nehmen. So saßen wir eine Weile da, ohne etwas zu sagen und mir ging es gleich ein wenig besser.

Plötzlich klingelte das Telefon. Holger angelte sich den Hörer: „Axelmann?"

Kurze Zeit später breitete sich ein Lächeln auf seinem Gesicht aus und er reckte den rechten Daumen nach oben.

„Kleinen Moment, bitte!" Er reichte mir das Telefon.

„Roth?" meldete ich mich verschnupft.

„Rehm, guten Abend, Frau Roth!"

Entsetzt blickte ich Holger an. „Herr Dr. Rehm! Guten Abend!" näselte ich mit verstopfter Nase.

So ein Mist! Einen ungünstigeren Moment hätte er sich für seinen Anruf wirklich nicht aussuchen können. Sicher hörte ich mich an wie ein Teenager mit Liebeskummer. Mann, war das peinlich!

„Oh, sind Sie erkältet, Frau Roth?" fragte Herr Dr. Rehm mit besorgter Stimme.

Ich lachte gekünstelt. „Nein, nein, ich war nur gerade beim Zwiebelschneiden!"

Hoffentlich klang das wenigstens einigermaßen glaubwürdig.

„Dann will ich Sie nicht lange aufhalten. Ich wollte Ihnen nur mitteilen, dass ich mittlerweile eine Entscheidung getroffen habe."

„Und die lautet?" fragte ich mit klopfendem Herzen.

„Sollten Sie nach wie vor Interesse an der Stelle haben, würde ich Sie sehr gerne zum ersten Juli als meine neue Assistentin begrüßen."

Wahnsinn! Ich hatte den Job! Yippie! Am liebsten hätte ich vor Freude laut gesungen.

Stattdessen bemühte ich mich um einen angemessen zurückhaltenden Tonfall: „Das freut mich aber, Herr Dr. Rehm. Ich nehme Ihr Angebot sehr gerne an."

„Wunderbar, Frau Roth. Dann lasse ich Ihnen sofort den

Vertrag zukommen und wir sehen uns dann im Juli. Auf gute Zusammenarbeit!"

Ich warf den Hörer aufs Sofa und hüpfte laut singend durchs Wohnzimmer. Ich – hatte – einen – Job!

Holger hob mich hoch und wirbelte mich im Kreis herum.

„Du hast es geschafft, Alexa! Ich freue mich so für dich!"

„Und ich erst", rief ich atemlos. Ich konnte mein Glück gar nicht fassen. Ein interessanter Job! Ein charmanter Chef! Endlich wieder Geld verdienen und nicht jeden Pfennig umdrehen müssen! Abends befriedigt über die eigene Leistung nach Hause kommen! Keine Bewerbungen mehr! Kein Druck mehr! Die ganze Anspannung löste sich in Glückstränen auf.

* * * * *

„Ich habe den Job!" verkündete ich strahlend, kaum dass Heidi die Tür geöffnet hatte. Sie zog mich gleich ins Haus.

„Echt? Erzähl!" forderte sie mich aufgeregt auf.

Ich schilderte das Telefonat beinahe Wort für Wort. „Ist das nicht der helle Wahnsinn? Endlich wieder arbeiten! Und ich soll schon im Juli anfangen!" frohlockte ich.

„Super, Alexa! Den Job hast du echt verdient! Den Chef natürlich auch", fügte sie mit einem Augenzwinkern hinzu.

Die Details, die ich bei Holger ausgelassen hatte, hatte ich Heidi dafür umso genauer erzählt. Meine Schwester hatte bei meiner Schilderung gebannt an meinen Lippen gehangen und nur ab und zu tief aufgeseufzt.

Erik kam schweißgebadet in die Küche geschlurft. „Hallo Alexa. So hoher Besuch am Abend?"

„Hi Erik! Na, fleißig beim Training? Stell dir vor, ich habe endlich einen neuen Job!" strahlte ich meinen Schwager an.

„Tatsächlich? Und da sitzt ihr beiden so trocken da? Darauf müssen wir doch anstoßen! Ich hole mal eben ein Fläschchen aus dem Keller."

Heidi blickte ihm verdutzt nach. „War das eben mein

Mann?"

Die folgende Woche verlief mehr als hektisch. Vor meinem Neustart hatte ich noch jede Menge zu erledigen. Ich meldete mich beim Arbeitsamt ab, vereinbarte einen Zahnarzt- und Friseurtermin und sammelte meine Arbeitspapiere zusammen.

Ich war so beschäftigt, dass ich gar keine Zeit hatte, meine letzten Tage in Freiheit zu genießen. Aber egal! Herumsitzen war out. Jetzt war es höchste Zeit für ein bisschen Action! Und die würde ich bei der Firma Oss wohl auch finden. Organisieren, koordinieren, terminieren. Vor meinem inneren Auge sah ich mich bereits als charmanten Mittelpunkt des Büros mit den supernetten Kollegen flachsen oder kompetent die Kunden beraten. Vielleicht durfte ich ja auch ab und zu eins von den tollen neuen Autos des Fuhrparks übers Wochenende mit nach Hause nehmen?

Mir kribbelte es dermaßen in den Fingern, dass ich es gar nicht erwarten konnte, bis es endlich losging.

* * * * *

Herr Dr. Rehm führte mich durch die Abteilung und stellte mir Frau Schnapp vor, die mich in den nächsten Wochen einlernen sollte. Auf mich machte sie irgendwie einen merkwürdig apathischen Eindruck. Ihr Blick war starr und ihr Händedruck schlaff.

Mein Chef schien es gar nicht zu bemerken, sondern plauderte munter drauflos. Frau Schnapp sah in die Ferne und gab keinen Mucks von sich.

Ein Handy klingelte.

„Entschuldigen Sie mich bitte einen Moment!" bat Herr Dr. Rehm und drehte sich ein wenig zur Seite.

Ich ließ meine Blicke durch das Büro schweifen, als ich plötzlich aus den Augenwinkeln eine Bewegung wahrnahm.

Frau Schnapp hatte den Brieföffner aus der Schublade ihres Schreibtisches gezogen und lief mit langsamen Schritten wie hypnotisiert auf Herrn Dr. Rehm zu, der mit dem Rücken zu ihr stand.

Verwirrt starrte ich sie an. Was zum Teufel sollte das denn werden?

Sie blieb hinter ihm stehen und bewegte die Hand mit dem Brieföffner wie in Zeitlupe nach oben.

Ich war vor Entsetzen wie gelähmt. Herr im Himmel, sie wollte ihn umbringen! Das konnte doch wohl nicht wahr sein! Ich musste sofort etwas unternehmen.

Ehe ich einen klaren Gedanken fassen konnte, stieß Frau Schnapp auf einmal einen markerschütternden Schrei aus. Aber bevor sie mit dem Brieföffner zustoßen konnte, drehte sich Herr Dr. Rehm plötzlich geschmeidig um und zielte mit einer kleinen goldenen Pistole auf sie. Lachend drückte er ab.

„Alexa, wach auf!"

Verwirrt blinzelte ich Holger an, der mich besorgt anschaute. Wo waren Herr Dr. Rehm und Frau Schnapp?

„Was ist passiert?" krächzte ich heiser.

„Du hast geschrien. Hast du schlecht geträumt?"

Langsam kam ich wieder zu mir. Ein Traum! Nur ein Traum! Herr im Himmel, ich danke dir.

Vorsichtig setzte ich mich auf. Ich war schweißgebadet und meine Hände zitterten wie verrückt.

„Oh Holger, es war so schrecklich. Sie wollten sich gegenseitig umbringen."

Ich schilderte ausführlich, was ich geträumt hatte. Auch an die kleinste Kleinigkeit konnte ich mich noch erinnern.

Holger schüttelte fassungslos den Kopf. „Das klingt ja echt horrormäßig!"

„Das war es auch, das kannst du mir glauben", seufzte ich. „Nicht gerade ein gutes Omen für meinen ersten Tag morgen."

„Jetzt mach dich nicht verrückt. Deine Nerven sind eben

noch ein bisschen überstrapaziert, aber das ist ja auch kein Wunder. Für morgen drücken dir so viele Leute die Daumen, da kann gar nichts schief gehen."

Nicht ganz überzeugt kuschelte ich mich in Holgers Arme und versuchte, wieder einzuschlafen.

* * * * *

„Herzlich willkommen, Frau Roth! Ich habe schon die Tage gezählt", begrüßte mich Herr Dr. Rehm augenzwinkernd.

Ich musste lachen. „So schlimm?"

„Schlimmer. Nach dem Weggang von Frau Lindauer geht es hier drunter und drüber. Von den Kollegen werden Sie auch schon sehnsüchtig erwartet."

„So schnell werde ich die Lücke aber sicher nicht füllen können", entgegnete ich bescheiden. Offiziell war tiefstapeln angesagt, aber ich wollte mit hundertfünfzig Prozent Engagement durchstarten und alle mit meiner raschen Auffassungsgabe überraschen.

„Lassen Sie uns zuerst einen kurzen Rundgang durchs Gebäude machen", schlug Herr Dr. Rehm vor.

Ich hatte nichts dagegen. Meine Anspannung nach meinem fürchterlichen Albtraum war zwar etwas verflogen, nichtsdestotrotz brannte ich darauf, endlich Frau Schnapp kennen zu lernen.

Mein Zimmer lag direkt neben dem Büro von meinem Chef. Es war geräumig und sehr modern eingerichtet. Auch die Hardware ließ – wie mir ein erster prüfender Blick sagte – nichts zu wünschen übrig.

„Von hier aus können Sie sogar einen Teil der Teststrecke überblicken, die zu unserem Firmengelände gehört", erklärte Herr Dr. Rehm.

Wie schön! Wenn ich einmal Muße hatte, konnte ich den Fahrern beim Driften zusehen. Aber halt! Auf einem Sideboard erblickte ich Unmengen von Papier. Sah nicht nach

78

Langeweile aus. Aber schließlich war ich ja auch nicht zum Herumsitzen hergekommen.

„Momentan ist es durch die Sommerferien etwas ruhiger, aber ab Mitte September wird es erfahrungsgemäß immer sehr hektisch", erklärte Herr Dr. Rehm, während wir zum nächsten Zimmer gingen.

Sandra Schnapp stand auf dem Türschild. Aha! Jetzt wurde es spannend.

Herr Dr. Rehm stellte mich vor und Sandra Schnapp und ich begrüßten uns artig.

Frau Schnapp war groß und sehr dünn, hatte dunkelbraune schulterlange Haare und nachtschwarze Augen. Das komplette Gegenteil von der Furie aus meinem Traum – und einen Brieföffner konnte ich zum Glück auch nirgends entdecken. Ich war ziemlich erleichtert. Mit der konnte man sicher auskommen.

„Frau Schnapp ist für den gesamten Einkauf zuständig. Von Büromaterial bis zu Schneeketten laufen sämtliche Bestellungen über ihren Tisch."

„Okay", sagte ich interessiert. „Und Sie werden mich anstelle von Frau Lindauer einlernen?"

„Ich werde mein Bestes geben", kam als Antwort zurück.

Wie reizend! Ich war leicht verstimmt. Wahrscheinlich hielt sie mich wegen meines schwarzen Hosenanzugs für eine aufgedonnerte Schnepfe, die ohne Spickzettel nicht bis drei zählen konnte. Na, die würde sich noch wundern!

Wir gingen weiter und Herr Dr. Rehm stellte mich noch einer Unmenge von Leuten vor: von Frau Forst, die für das Controlling zuständig war, über Herrn Fricke und Herrn Heilig, die die Wintertrainings betreuten, bis zum Wagenpfleger Herrn Koulidis.

Am Ende schwirrte mir der Kopf und ich hoffte, dass ich wenigstens ein paar der Namen richtig behalten hatte.

Am Ende unserer Runde lernte ich noch Herrn Friedrich kennen, der die Position des stellvertretenden Geschäftsführers innehatte.

Herr Friedrich war fast zwei Meter groß, hatte einen wilden Vollbart, in dem klischeemäßig noch die Reste des Frühstückseis hingen und eine schweißnasse Pranke. Ein Traumtyp. Verstohlen musterte ich Herrn Dr. Rehm im direkten Vergleich und dankte dem Schöpfer. Leider kam das dicke Ende noch.

„Da ich den Großteil der Woche außer Haus bin, werden Sie eng mit Herrn Friedrich zusammenarbeiten", erklärte Herr Dr. Rehm arglos, ohne im Geringsten zu ahnen, was er mir damit antat.

Ich sollte was? Mit diesem unappetitlichen Gulliver zusammenarbeiten? Und auch noch eng? Na, toll! Freude! Ich lächelte gezwungen.

Nach etwas belanglosem Small Talk, während dessen Herr Friedrich mein Herz auch nicht gerade im Sturm eroberte, machten wir uns auf den Weg zur Teststrecke.

Herr Dr. Rehm steuerte zielstrebig auf ein blaues Auto zu. Mir blieb fast die Luft weg. Das war ja ein Porsche 911 Turbo! Wow!

Ich versuchte, so unbeeindruckt einzusteigen, als würde ich damit jeden Tag zum Einkaufen fahren. Wahnsinn! Diese sportliche Eleganz – einfach der Hammer! Holger würde vor Neid platzen!

„Was für ein Auto fahren Sie?" fragte Herr Dr. Rehm, während er sich den Sitz zurechtrückte.

„Einen alten Fiat 500. Mein Freund hat ihn selbst restauriert."

„Aha, die italienischen Vorfahren lassen grüßen, was?" scherzte er.

„Genau!" Er schien über unseren Stammbaum ja gut informiert zu sein. Ich lächelte zurück. Wobei mir das Grinsen bald verging.

Herr Dr. Rehm pflegte einen überaus dynamischen Fahrstil, sodass ich bald wahlweise mit der Wange an der Seitenscheibe oder der Stirn an der Frontscheibe klebte. Hier ein paar Drifts, da ein paar Vollbremsungen und anschließend noch mit gut 200 Sachen auf das Hochgeschwindigkeitsoval. Zu guter Letzt tobte sich mein Chef auf der Schleuderfläche noch so richtig aus.

Äh, konnten wir vielleicht bald mal wieder aufhören? Mir war schon leicht flau im Magen. Schließlich hatte ich heute noch nichts gegessen.

Herr Dr. Rehm strahlte mich von der Seite her an und trat das Gaspedal wieder voll durch. Ich wurde in den Sitz gedrückt. Super! Wie war das? In jedem Manne steckt ein Kind? In Herrn Dr. Rehm schien ein kompletter Kindergarten zu stecken. Hoffentlich kam ich bald aus der Karre raus, sonst konnte ich für nichts mehr garantieren. So ein paar helle Spuckflecken verliehen meinem schwarzen Anzug sicher eine höchst individuelle Note, aber ich wollte nicht gleich am ersten Tag Gesprächsthema Nummer Eins sein. Zumindest nicht mit dieser Nummer.

Endlich hatte mein Chef genug und wir rollten auf den Parkplatz zurück. Schnell überprüfte ich meine Gesichtsfarbe im Seitenspiegel. Ging ja gerade noch so.

* * * * *

Nach der einstündigen Mittagspause hatte ich einen Termin bei der Personalsachbearbeiterin, die mir in Kürze die wichtigsten Rechte und Pflichten für Arbeitnehmer der Firma Oss erklären sollte.

Frau Kurze war eine etwas mollige Dame Ende Fünfzig, die mir sofort sehr sympathisch war. Sie hatte einige Unterlagen für mich vorbereitet, die wir Schritt für Schritt durchgingen. Vom Thema Altersteilzeit bis zum Stichwort Zeugnis ließ sie keinen Punkt aus.

Da wir zwischendurch immer wieder ins Private abschweiften, dauerte die Einweisung entsprechend lange, war aber umso kurzweiliger.

Gegen 16 Uhr kehrte ich zum Büro meines Chefs zurück und musste feststellen, dass er offensichtlich nicht mehr da war. Sein Notebook war verschwunden und der Schreibtisch sah aufgeräumt aus.

Unschlüssig blieb ich im Türrahmen stehen und überlegte, was ich tun sollte. Zu Herrn Friedrich gehen? Nicht gerade meine bevorzugte Variante. Dann schon bedeutend lieber wieder zurück zu der lustigen Frau Kurze.

Frau Schnapp nahm mir die Entscheidung ab. Ich hatte sie gar nicht kommen hören.

„Herr Dr. Rehm musste kurzfristig noch einen Kundentermin wahrnehmen und wird auch morgen außer Haus sein", klärte sie mich auf. „Ich soll Ihnen ausrichten, dass Sie sich morgen früh mit Herrn Friedrich zusammensetzen sollen, um über Ihren Einarbeitungsplan zu sprechen."

Sie warf einen Blick auf ihre Armbanduhr. „Für heute können Sie dann gehen", meinte sie.

„Okay", erwiderte ich etwas unsicher.

„Der erste Tag ist immer doof, oder?" fragte Frau Schnapp teilnahmsvoll.

Ich zuckte die Schultern. „Es dauert eben eine Weile, bis man sich zurechtfindet!"

„Wo haben Sie vorher gearbeitet?"

Ich zögerte kurz. „Der Verlag, bei dem ich angestellt war, wurde wegen Insolvenz geschlossen. Die letzten Wochen war ich arbeitslos." ‚Monate‘ korrigierte ich mich im Stillen, aber das musste ich ja niemandem auf die Nase binden.

Frau Schnapp nickte zustimmend. „Ist heutzutage wirklich keine Kunst, unverschuldet arbeitslos zu werden. Aber jetzt sind Sie ja bei uns und hier gibt es genug zu tun. Also, schönen Feierabend dann!"

„Gleichfalls, danke! Bis morgen!"

Frau Schnapp verschwand wieder in ihrem Büro und ich machte mich auf den Heimweg. Eigentlich schien sie ja doch ganz nett zu sein.

* * * * *

Holger und ich saßen bei leckerer Caprese auf dem Balkon.
Ich war gerade dabei, meine Porsche-Ausfahrt in den buntesten Farben zu schildern, als das Telefon klingelte.

Meine Mutter war am Apparat und wollte sich erkundigen, wie mein erster Arbeitstag verlaufen war.

Eifrig erstattete ich Bericht.

„Das freut mich so für dich, Alexa. Das scheint ja eine sehr interessante Firma zu sein."

Ich stimmte ihr begeistert zu.

„Du solltest Tante Hilde gleich anrufen und dich nochmals für ihr Engagement bedanken", schlug meine Mutter vor.

Ich verdrehte die Augen. „Muss das sein?"

„Aber Kind, denk doch bitte daran, wem du den Job zu verdanken hast!" meinte Mom entsetzt.

Meinem Charme, meinem Dekolleté und meinen guten Zeugnissen, dachte ich selbstbewusst, hütete mich aber, das laut zu sagen.

„Ich meinte, dass es für Tante Hilde vielleicht viel interessanter wäre, wenn ich etwas mehr über meine neue Arbeit erzählen könnte. Am ersten Tag passiert ja noch nicht viel", versuchte ich mich aus der Affäre zu ziehen.

Meine Mutter tappte bereitwillig in die Falle, und ich bekam unwillkürlich den Anflug eines schlechten Gewissens, da ich an Tante Hilde natürlich keinen Gedanken mehr verschwendet hatte.

Spontan sagte ich daher: „Hast du am Samstagmorgen Zeit und Lust auf einen kleinen Stadtbummel? Ich wollte Tante Hildes Geburtstagsgeschenk besorgen. Vielleicht kannst du mir einen Tipp geben, was ihr gefallen könnte."

Kaum ausgesprochen, hätte ich mir am liebsten die Zunge abgebissen. Wie konnte ich nur? Mein erster freier Tag und anstatt lange auszuschlafen und anschließend mit meinem Ehemann in spe gemütlich frühstücken zu gehen, wollte ich allen Ernstes freiwillig mit meiner Mutter einkaufen gehen? Und auch noch wegen Tante Hilde? Mir war doch echt nicht zu helfen!

Als wir uns für neun Uhr verabredeten, verzog ich schmerzlich das Gesicht.

* * * * *

Am nächsten Morgen beschloss ich, mich etwas legerer anzuziehen. Herr Dr. Rehm war nicht da und für Herrn Friedrich lohnte sich der Aufwand ja wohl kaum. Mal sehen, was er heute gefrühstückt hatte.

Außer bei Sean Connery und natürlich Felipe hatte ich eine ausgesprochene Abneigung gegen Vollbärte. Ich kapitulierte schon vor dem ordinären Feld-, Wald- und Wiesenschnauzer und war Holger wirklich dankbar, dass er sich immer gründlich rasierte.

Zum Glück blieb man wenigstens davon als Frau verschont. Schlimm genug, dass man mit dem Rasieren der Beine, Achseln und anderen sensiblen Stellen kaum hinterher kam. Nicht auszudenken, wenn man sich um das Gestrüpp im Gesicht auch noch zu kümmern hätte!

* * * * *

Herr Friedrich kratzte sich ausgiebig am Kopf und stierte mit kleinen Augen angestrengt in seinen Computer. Junge, Junge, der hatte wohl auch eine harte Nacht hinter sich.

Ich saß seit zehn Minuten vor seinem Schreibtisch und er hatte noch keine fünf Worte mit mir gewechselt. Nicht, dass ich wild darauf gewesen wäre, seine monotone Stimme zu hören, aber ich war ja hier schließlich nicht in einem ZEN-Kloster.

Schließlich wandte er sich mir zu. „Ich werde Ihnen nun

erläutern, wie ich mir unsere Zusammenarbeit vorstelle, Frau Roth."

Nur zu. Seufz.

Es folgte ein langer Vortrag über seinen Tätigkeitsbereich und seine Arbeitsweise. Ich bekam genau erklärt, wie ich seinen Kalender zu führen und seine Post zu bearbeiten hatte. Zudem durfte ich keine Termine vor neun Uhr für ihn vereinbaren.

Ich musste mich sehr beherrschen, um nicht ironisch zu salutieren.

Danach besprachen wir noch, wie meine Einarbeitung von statten gehen sollte. Frau Schnapp sollte mich in ein paar allgemeine Abläufe sowie die Bearbeitung der Standard-Sicherheitstrainings einweisen.

Des weiteren bekam ich eine Übersicht aller Mitarbeiter und ihrer Aufgabenbereiche. Herr Friedrich legte mir ans Herz, mich mit allen Kollegen mindestens eine Stunde zusammenzusetzen, um einen genauen Einblick in deren Aufgabengebiete zu bekommen. Keine schlechte Idee, schließlich musste ich am Telefon ja aussagefähig sein und gegebenenfalls zum richtigen Ansprechpartner verbinden können.

Wieder zurück an meinem Schreibtisch stellte ich fest, dass in der Zwischenzeit offensichtlich der EDV-Verantwortliche an meinem PC tätig gewesen war. Der Rechner war angeschaltet und auf dem Bildschirm blinkte das Anmeldefenster. Leider konnte ich keinen Zettel mit irgendwelchen Passwörtern entdecken.

Kurz entschlossen ging ich hinüber zu Frau Schnapp. Sie war gerade am Telefon, bedeutete mir aber durch ein Zeichen, gleich zu mir zu kommen.

Also inspizierte ich zwischenzeitlich mein neues Büro etwas genauer. Neugierig zog ich die Schubladen des Rollcontainers unter meinem Schreibtisch auf. Neben diversen Vordrucken und sonstigem Büromaterial fanden sich auch eine alte Cremetube, ein paar gammelige Bonbons, ein verschmiertes Küchenmesser und eine leere Schachtel Kosmetiktücher.

Angewidert verzog ich das Gesicht. Hier war wohl erst einmal Ausmisten angesagt. Frau Lindauer schien mehr Wert auf ihre Garderobe als auf einen ordentlichen Arbeitsplatz gelegt zu haben. Mit spitzen Fingern beförderte ich ihre Hinterlassenschaften in den Papierkorb.

Die dicke Wiedervorlagemappe, die auf dem Schreibtisch lag, schien hingegen sehr ordentlich geführt worden zu sein. Sämtliche Akten waren sorgsam beschriftet und unter dem jeweils korrekten Datum hinterlegt. Zufrieden klappte ich sie wieder zu. Wenigstens hier musste ich kein Chaos übernehmen.

Anschließend nahm ich mir die Büroschränke vor. Bei der Ablage wiederum schien Frau Lindauer ziemlich unorthodox vorgegangen zu sein. Viele Ordner waren nicht oder nur unvollständig beschriftet, von einer sinnvollen Zusammenstellung der Themen ganz zu schweigen.

Ich seufzte. Die Ablage zu erledigen gehörte zwar auch nicht zu meinen Lieblingsbeschäftigungen, aber wenn wichtige Akten nicht irgendwo im Nirwana verschwinden sollten, musste man sich dieser leidigen Aufgabe eben doch sehr sorgfältig widmen.

Zu guter Letzt schaute ich mir die Papierstapel auf dem Sideboard genauer an, die mir schon am gestrigen Tag aufgefallen waren. Ich glaubte, meinen Augen nicht zu trauen: Es handelte sich um Rechnungen, die zum Teil schon drei Monate alt waren. Wie konnte man die denn so einfach liegen lassen?

Ich war fassungslos und beschloss, Frau Schnapp als erstes danach zu fragen.

Apropos, wo blieb die denn überhaupt? Mittlerweile war schon fast eine halbe Stunde vergangen und sie war immer noch nicht aufgetaucht.

Hatte sie mich etwa vergessen? Ich beschloss, ihr meine Anwesenheit nochmals ins Gedächtnis zu rufen. Leider war ihr Büro verwaist und ich hatte keine Ahnung, wo ich sie suchen sollte.

„Hallo Frau Roth, kann ich Ihnen helfen?"

Herr Heilig kam mit einem Becher Kaffee durch den Flur gelaufen.

Dankbar lächelte ich ihn an. „Ja, sehr gern. Ich suche Frau Schnapp. Wissen Sie, wo sie ist?"

„Wenn sie nicht in ihrem Büro ist - leider nein."

„Schade. Aber vielleicht können Sie mir zeigen, wo ich den EDV-Verantwortlichen finden kann?"

„Ja klar, folgen Sie mir unauffällig."

Herr Heilig war etwa in meinem Alter und machte einen ausgesprochen unkomplizierten Eindruck. Sein Look – verwaschene Jeans und Birkenstock-Latschen – schien nicht so recht in diese schnieke Umgebung zu passen und sein leichter Akzent wies auf eine osteuropäische Herkunft hin. Ich deutete es als gutes Zeichen, wenn von Arbeitgeberseite über solche Äußerlichkeiten hinweggesehen wurde.

„So, da sind wir. Hallo Dieter, Frau Roth ist auf der Suche nach unserem Ober-Hacker!" Er zwinkerte mir zu und verschwand.

Dieter Dennessel war klein, kantig, hatte wässerige blaue Fischaugen und eine fahle Gesichtshaut. Er kam dem Klischee des Computerfreaks wirklich erschreckend nahe.

„Guten Tag, Herr Dennessel, hätten Sie vielleicht ein paar Minuten Zeit für mich?" fragte ich höflich.

„Gleich", murmelte er abwesend und tippte hektisch auf seiner Tastatur herum.

Ich stand da wie bestellt und nicht abgeholt. Langsam wurde ich ungeduldig.

„Könnten Sie nachher kurz in meinem Büro vorbeischauen, Herr Dennessel? Ich brauche noch die Passwörter, um mich anmelden zu können!"

„Wie? Ach so, die Passwörter. Kleinen Moment noch, Frau Roth."

Wieder vergingen einige Minuten. Schließlich wurde es mir zu dumm.

„Ich gehe schon einmal vor", meinte ich in etwas weniger freundlichem Ton.

Keine Reaktion. Super, das fing ja gleich gut an.

* * * * *

Unterwegs lief mir Frau Schnapp über den Weg. „Wo stecken Sie denn?" fragte sie mich vorwurfsvoll. „Ich habe Sie schon überall gesucht!"

Ich verkniff es mir, sie darauf hinzuweisen, dass es sich wohl eher umgekehrt verhielt. Stattdessen sagte ich brav: „Ich war bei Herrn Dennessel wegen meiner Passwörter."

„Fein, dann können wir ja gleich loslegen ", meinte sie schon etwas erfreuter.

„Leider nicht. Er war momentan beschäftigt und wollte später bei mir vorbeischauen."

„Das ist doch nicht zu fassen! Beschäftigt? Der? Womit denn bitte?" regte sich Frau Schnapp auf.

„Entschuldigung", fügte sie mit einem Blick auf meine verständnislose Miene hinzu. „Aber dieser Mann ist die reinste Katastrophe. Den retten auch nur seine Connections vor dem endgültigen Absturz ins Bodenlose", meinte sie orakelhaft.

Connections? Auf Mitarbeiter, die von Vitamin B profitierten, war man hier also ganz offensichtlich nicht gut zu sprechen. Ich beschloss, vorläufig für mich zu behalten, wem ich meinen Job zu verdanken hatte.

„Okay, dann fangen wir eben mit etwas anderem an", seufzte Frau Schnapp. In der folgenden Stunde erklärte sie mir unter anderem, wie ich die Post zu verteilen hatte und wie die Telefonanlage funktionierte.

Herr Dennessel tauchte während der ganzen Zeit nicht auf.

* * * * *

Am nächsten Tag war zum Glück mein Chef wieder im Büro.

„Na, Frau Roth, wie läuft es denn mit Ihrer Einarbeitung?" fragte er interessiert, als ich ihm die Postmappe auf den Schreibtisch legte.

„Ganz gut. Herr Friedrich hat mir meinen Einarbeitungsplan gegeben und Frau Schnapp hat mit mir die Postbearbeitung besprochen. Ich hätte mir gern noch Ihren Terminplaner angeschaut, um die Termine in der Wiedervorlagemappe abzugleichen, aber Herr Dennessel hatte gestern leider keine Zeit, sich um meine Passwörter zu kümmern", legte ich meinen Köder aus.

„Auf meinen Kalender sollten Sie aber schnellstens Zugriff bekommen", meinte Herr Dr. Rehm auch prompt und wählte sofort eine Nummer.

„Hallo Dieter, Frau Roth braucht dringend ihre Passwörter. Kannst du gleich mal vorbeikommen? Danke! Er kommt", fügte er an mich gewandt hinzu.

Ich lächelte triumphierend in mich hinein. Na also, geht doch! Man musste nur die hohe Kunst der Manipulation beherrschen.

Dennessel stand keine zwei Minuten später hechelnd in meinem Büro und lüftete das Geheimnis um meine Passwörter: AlxRoth1 und AlxRoth2. Wie originell! Da hätte ich auch selbst drauf kommen können.

Den Rest des Vormittags beschäftigte ich mich mit den Kalendern von Herrn Dr. Rehm und Herrn Friedrich, dem Intranet und der Dateiablage. Die Pfade waren so merkwürdig aufgebaut, dass ich auf Anhieb keine richtige Logik dahinter entdecken konnte.

Ich seufzte. Sollte ich in diesem Netz einmal etwas suchen müssen, dann Gute Nacht! Der liebe Herr Dennessel schien seine Arbeit wirklich außerordentlich ernst zu nehmen!

* * * * *

„Na, hast du dich schon ein bisschen in deiner neuen Firma eingelebt?" fragte Mom interessiert, als sie mich am Samstagmorgen zu unserer Shopping-Tour abholte.

„Klar! Zum Arbeiten bin ich allerdings fast nicht gekommen", berichtete ich fröhlich.

Donnerstag und Freitag hatte ich mir meinen Einarbeitungsplan vorgenommen und mich in intensiven Gesprächen mit den Kollegen über deren Aufgabengebiete informiert.

Besonders lustig war es bei Herrn Fricke und Herrn Heilig gewesen, die die Wintertrainings betreuten. Herr Fricke hatte einen dermaßen trockenen Humor, dass ich aus dem Lachen fast nicht mehr herauskam.

Zudem hatte er die Marotte, allen Kollegen Spitznamen zu verpassen. Herr Friedrich war der Pseudo-Lohengrin, Frau Schnapp hieß Frau Schnabbeldibapp und Frau Forst war in Frau Jäger-Oberförster umgetauft worden. Auf meine dezente Nachfrage, wie er mich zu betiteln gedachte, schwieg er sich gentlemanlike aus.

„Schön, dass es dir so gut gefällt, Schatz. Ich hatte mir wirklich schon Sorgen um dich gemacht", meinte meine Mutter.

„Ich mir auch", stimmte ich ihr aus tiefstem Herzen zu.

„Aber jetzt bin ich ja für die nächsten Jahre wieder aufgeräumt. Hast du eine Idee, was Tante Hilde gefallen könnte?"

Da meine erste Woche so relaxt verlaufen war, war ich äußerst guter Laune und hatte Spendierhosen an.

Mom überlegte. „Tja, bei jemandem, der bereits alles besitzt, ist das gar nicht so einfach. Von uns bekommt sie ein Abo für die Oper. Vielleicht könntest du ihr etwas für ihre Porzellansammlung kaufen? Die Stücke sind allerdings ziemlich teuer."

„Vielleicht könnte ich mit Heidi zusammenlegen", überlegte ich laut.

„Aber Schätzchen, Heidi hat sich bereits an dem Abo beteiligt. Wusstest du das nicht?" fragte meine Mutter überrascht.

Ach so? Und mich auch zu fragen, hatte niemand für nötig befunden? Ich war gekränkt.

Wir kamen am Geschenkehaus Klaschnick vorbei und ich beschloss, Tante Hilde jetzt erst recht ein tolles Geschenk zu kaufen - koste es, was es wolle.

Zielstrebig marschierte ich in den hinteren Teil des Ladens zur Porzellanabteilung.

Wunderschöne Teller, geschwungene Standührchen und reich verzierte Vasen waren hinter Glas aufgestellt. Zwar hatte ich für derartige Sammlerobjekte, die teils wirklich sehr nahe am Kitsch vorbeischrammten, noch nie etwas übrig gehabt, konnte mich deren Zauber heute aber auch nicht entziehen.

Fasziniert sah ich mich um. Ein zierliches Porzellanfigürchen hatte es mir besonders angetan. Es stellte eine kleine Schäferin dar, die sich gedankenverloren auf einen Stab stützte. Zu ihren Füßen lag ein Lämmchen. Wie niedlich!

„Meinst du, diese Figur könnte Tante Hilde gefallen?" fragte ich meine Mutter.

„Ja sicher, aber sie ist bestimmt sehr teuer", wandte Mom ein.

„Egal, ich nehme sie trotzdem", meinte ich trotzig und suchte eine Verkäuferin. Als ob mir Tante Hilde die paar Euro nicht wert wäre. Schließlich war die Figur nur gute zehn Zentimeter groß.

Die Verkäuferin überschlug sich fast wegen meines guten Geschmacks und nahm das Figürchen vorsichtig aus der Vitrine.

„Meißner Porzellan. Da haben Sie sich aber wirklich ein sehr schönes Stück ausgesucht", lobte sie meinen exquisiten Geschmack, während wir zur Kasse gingen.

Ich lächelte geschmeichelt. Klar, dafür hatte ich eben ein Händchen. Holger war bei unserer Wohnungsrenovierung fast ausgeflippt, als ich im Baumarkt auf Anhieb die teuersten Lichtschalter ausgesucht hatte, ohne auf die Preisschilder zu achten.

„Das macht dann 249,-- Euro. Soll ich es als Geschenk verpacken?" fragte die Verkäuferin liebenswürdig.

249 was? Mir wurde leicht schwindelig. Hatte mal jemand einen nassen Lappen? Hätte ich doch bloß vorher nach dem Preis gefragt!

Nachdem mittlerweile einige Leute hinter mir an der Kasse standen und ich mir keine Blöße geben wollte, fummelte ich einer Ohnmacht nahe meine EC-Karte aus meinem Geldbeutel.

Holger würde mich mal wieder für verrückt erklären und dabei hatte er nicht mal unrecht.

* * * * *

„Wie viel?" fragte Holger hartnäckig zum zweiten Mal.

Ich lag mit schmerzenden Füßen auf dem Sofa und überlegte mir eine diplomatische Antwort. Nach fünf Stunden Shoppen war mein Gehirn dazu allerdings nicht mehr wirklich in der Lage. Besser, ich brachte es gleich hinter mich.

„100 Euro", sagte ich daher aufs Geratewohl.

Holger runzelte ungläubig die Stirn. „Ein Geschenk für 100 Euro? Für Drachen-Hilde? So toll kann der Job doch gar nicht sein! Hat dich deine Mom dazu überredet?"

Er lugte neugierig in die Edeltüte. „Darf ich es mal ansehen?"

„Untersteh dich, es auszupacken!"

Holger verzog sich zum Joggen und ich gönnte mir meinen wohlverdienten Mittagsschlaf. Als ich aufwachte, war es fast schon Zeit zum Abendessen.

„Was brutzelt mir die Chefköchin denn heute Abend Leckeres?"

„Die Küche ist leider geschlossen, aber die Chefköchin schmeißt eine Runde Pizza, wenn der Küchenjunge sie holt", schlug ich vor. Immer fort mit der Kohle. Da kam es heute auch nicht mehr drauf an.

„Für mich bitte eine ‚Vier Jahreszeiten' und einen gemischten Salat." Ich warf Holger meinen Geldbeutel zu und er zog sich einen Schein heraus. Dabei fiel ein kleiner gelber Zettel zu Boden. Er hob ihn auf und stutzte.

„Ein Kassenbon vom Geschenkehaus Klaschnick? 249 Euro?" Mir blieb heute wohl gar nichts erspart.

„Alexa?"

„Das ist einfach dumm gelaufen", meinte ich kleinlaut und erzählte die ganze Geschichte.

Holger bekam einen mittelschweren Lachanfall.

„Hauptsache, du amüsierst dich gut", sagte ich giftig. Klar, wer den Schaden hatte, brauchte ja bekanntlich für den Spott nicht zu sorgen.

Immer noch lachend stopfte Holger den Schein wieder in meinen Geldbeutel zurück.

„In Anbetracht der unglücklichen Umstände bist du heute eingeladen."

* * * * *

Am Sonntag schnappte ich mir gottergeben das Telefon und rief Tante Hilde an. Nervös malte ich in der Fernsehzeitung herum, während das Freizeichen ertönte. Solche Pflichtanrufe waren absolut nicht mein Ding.

„Von Gleimitz?" meldete sich Tante Hilde resolut.

„Hallo Tante Hilde, hier spricht Alexa", sagte ich steif.

„Guten Tag, Alexa. Schön, dass du anrufst!" Sie klang relativ locker.

Ich entspannte mich wieder etwas. „Ich wollte mich dafür bedanken, dass du bei Herrn Dr. Rehm ein gutes Wort für mich eingelegt hast. Der Job ist wirklich sehr interessant."

„Das freut mich." Komischerweise klang es wirklich so.

Ich holte tief Luft. „Außerdem möchte ich dir noch sagen, dass Holger und ich deine Geburtstagseinladung gerne annehmen."

„Sehr schön. Wir haben uns ja ewig nicht gesehen!"
Missbilligend verzog ich den Mund. Sollte das jetzt wieder
ein Seitenhieb sein?

„Ich würde sehr gerne noch ein wenig mit dir plaudern,
Alexa, aber ich habe gerade Gäste zum Tee. Wir sehen uns
dann auf der Feier, ja?"

Hmm, ihr Ton klang eigentlich vollkommen normal.

„Natürlich, Tante Hilde. Einen schönen Sonntag noch!" verabschiedete ich mich hastig; froh, dass ich das Gespräch nicht
weiter ausdehnen musste.

„Tschüss, Alexa!"

Nachdenklich legte ich auf.

* * * * *

„... das wäre im Prinzip dann alles. Wenn Sie sich immer
streng an die vorgegebenen Konten halten, kann eigentlich
nichts schief gehen. Schwierig ist es nicht, aber eben auch nicht
besonders spannend. Ist Ihnen soweit alles klar?" fragte Frau
Schnapp hilfsbereit.

Ich schaute alles andere als begeistert auf den Stapel Rechnungen. Frau Lindauer schien eine äußerst merkwürdige Ar-
beitsauffassung gehabt zu haben!

„Ich denke schon", meinte ich tapfer.

„Viel Spaß! Sollten Sie noch Fragen haben, rufen Sie mich
einfach an."

Mit diesen Worten verschwand Frau Schnapp aus meinem
Büro und ließ mich mit dem riesigen Berg Rechnungen zurück.

Seufzend machte ich mich an die Arbeit. Da größtenteils
immer die gleichen Konten belastet wurden, hatte ich die
Nummern bereits nach kurzer Zeit im Kopf und kam relativ
schnell voran. Was für ein öder Job! Aber deshalb konnte man
die ganzen Rechnungen doch nicht einfach monatelang he-
rumliegen lassen. Ein Teil war sogar schon zum dritten Mal

angemahnt worden! Womöglich rannten uns die Gerichtsvollzieher bald die Bude ein und klebten mir ihren Kuckuck auf die Stirn!

Ich arbeitete fast eine ganze Stunde lang ohne Unterbrechung. Das Telefon klingelte kein einziges Mal, sodass ich nicht abgelenkt wurde und konzentriert arbeiten konnte. Leider waren inzwischen ein paar Rechnungen aufgetaucht, die ich absolut nicht zuordnen konnte und so beschloss ich, mir kurz die Beine zu vertreten und Frau Schnapp um Hilfe zu bitten.

Die Tür ihres Büros war nur angelehnt und ich hörte leise Stimmen. Unschlüssig blieb ich stehen. Ob ich wohl kurz stören konnte? Ich schielte durch den Türspalt und traute meinen Augen nicht. Na, so was!

Herr Heilig und Frau Schnapp saßen einträchtig nebeneinander vor dem Bildschirm. Er hatte seinen linken Arm um ihre Schulter gelegt und tippte mit der rechten Hand auf dem Zahlenblock der Tastatur herum. Was hatte das denn zu bedeuten?

Ich trat den Rückzug an und ließ mich nachdenklich auf meinem Stuhl nieder. War ich gerade unfreiwillig Zeugin einer heimlichen Büroliebe geworden? Mein Jagdinstinkt war erwacht. Das würde ich schon noch herausfinden!

Herr Dr. Rehm betrat mein Büro und riss mich aus meinen Gedanken.

„Ich bin dann weg, Frau Roth. Liegt noch etwas an?"

Ich überlegte kurz. „Nein, heute nicht. Aber Herr Schulte von der Securitas hat seinen Termin nochmals verschieben lassen. Er kommt jetzt doch noch diese Woche vorbei. Ich habe ihn für Donnerstag eingetragen."

Herr Dr. Rehm stöhnte und ich lächelte ihn entschuldigend an.

„Eine gute Nachricht habe ich allerdings noch für Sie: Mit ein bisschen gutem Zureden konnte ich ihn davon überzeugen, dass sieben Uhr dreißig eine äußerst unchristliche Zeit ist. Er kommt jetzt um neun Uhr."

Die Miene meines Chefs hellte sich schlagartig auf. „Sie sind ein Engel – wie haben Sie das denn gemacht?"

„Berufsgeheimnis", zwinkerte ich ihm zu.

* * * * *

Beim gemeinsamen Mittagessen behielt ich Frau Schnapp und Herrn Heilig genau im Auge. Beide verhielten sich jedoch äußerst unauffällig und untermauerten weder durch Gesten noch durch Blicke, was ich vorhin beobachtet hatte. Nun, ich hatte Zeit. Irgendwann würden sie sich schon verraten.

Auch der komplette Nachmittag ging mit dem Kontieren der Rechnungen drauf. Stolz legte ich kurz vor halb sechs das letzte Blatt weg. Fertig! Endlich!

Ich trug den Riesenstapel in die Buchhaltung. Zum Glück war niemand mehr da. Die würde morgen wahrscheinlich der Schlag treffen! Aber dafür konnten sie sich bei Frau Lindauer bedanken.

Zufrieden packte ich meine Sachen zusammen und machte mich auf den Heimweg.

* * * * *

„Und du meinst wirklich, da läuft etwas zwischen den beiden?" Heidi löffelte genießerisch den letzten Rest Milchschaum aus ihrer Tasse. Holger war mit leidender Miene zu einem Geschäftsessen mit seinem meistgehassten Kunden verschwunden und so hatte ich spontan einen Weiberabend mit meiner Lieblingsschwester einberufen.

Während es sich Heidi auf unserem Sofa gemütlich gemacht hatte, saß ich auf dem Boden vor einer alten Holztruhe und betupfte die Intarsien vorsichtig mit einem kleinen Farbschwämmchen.

„Ich meine nicht nur, ich bin mir sogar sicher", betonte ich und tupfte etwas überschüssige Farbe vorsichtig mit einem alten Geschirrtuch ab.

„Und was macht dich so sicher, Miss Marple?" Heidi angelte sich die Nagelfeile vom Tisch und fing an, ihre Fingernägel zu bearbeiten.

„Frau Schnapp macht im Dezember Urlaub auf Kuba. Herr Heilig hat auch im Dezember Urlaub. Also habe ich ihn ganz unbedarft gefragt, ob er auch schon Urlaubspläne hat."

„Und?" fragte Heidi gespannt.

Ich deutete einen Trommelwirbel an. „Er macht Urlaub", hier machte ich eine Kunstpause, „in der Karibik! Tataaa!"

„Nein! Was für ein merkwürdiger Zufall, dass Kuba in der Karibik liegt, findest du nicht auch?" meinte Heidi ironisch.

Ich grinste. „Ich bin echt gespannt, was als Nächstes kommt. Diese Firma ist wirklich ein Quell der dunklen Geheimnisse. Eine heimliche Büroliebschaft und ein IT-ler, den irgendwelche geheimnisvollen Connections vor dem Absturz bewahren."

„Und vielleicht trägt dein Lohengrin in seiner Freizeit Damenstrümpfe?"

„Gut möglich. Und die neue Assistentin ist schwanger mit Zwillingen."

Heidi lachte auf. „Und? Bist du?"

Ich zeigte ihr einen Vogel.

* * * * *

„Roth?" meldete ich mich gut gelaunt.

„Guten Morgen, Frau Roth. Hier spricht Frau Rauscher aus der Buchhaltung. Haben Sie die Rechnungen kontiert, die heute bei uns im Posteingang waren?"

Frau Rauscher klang nicht gerade so, als wolle sie mir dazu gratulieren.

„Ja, habe ich. Ist damit etwas nicht in Ordnung?" fragte ich vorsichtig und zog unwillkürlich das Genick ein.

„So kann ich die nicht verbuchen!"

Danke für die ausführliche Antwort. Und wieso nicht?

„Habe ich etwas falsch kontiert?" versuchte ich der Sache auf den Grund zu gehen.

„Nein, die Kontierung ist in Ordnung, soweit ich das auf den ersten Blick beurteilen kann. Aber sie haben nirgends die Lieferantennummer vermerkt. So kann ich die Rechnungen nicht verbuchen!"

„Was denn für eine Lieferantennummer?" fragte ich erstaunt. Davon hatte Frau Schnapp gar nichts erwähnt.

Stöhnen am anderen Ende der Leitung.

„Jeder unserer Kreditoren hat eine Lieferantennummer und die muss auf der Rechnung vermerkt sein. Sonst kann ich die Rechnungen nicht verbuchen", wiederholte Frau Rauscher ein drittes Mal.

Klar, Wiederholung machte schließlich anschaulich. Die schien mich ja für besonders beschränkt zu halten.

Seufzend machte ich mich auf den Weg ins Erdgeschoss, um die Rechnungen wieder abzuholen. Zu früh gefreut!

Frau Rauscher hatte sich in der Zwischenzeit wieder etwas beruhigt und zeigte mir gnädig, wo ich die Liste mit den Lieferantennummern im System finden konnte, und wo ich die Nummer auf der Rechnung zu vermerken hatte.

„Aber das hat Ihnen Frau Schnapp doch sicherlich erklärt", meinte sie abschließend mit leisem Vorwurf in der Stimme.

Hatte sie eben nicht. Ich murmelte etwas Undefinierbares, schnürte mein Bündel und trollte mich wieder in mein Büro.

Ob ich Frau Schnapp darauf ansprechen sollte? Mir fiel keine passende Formulierung ein, die nicht wie eine Anklage geklungen hätte und so entschied ich mich dagegen.

Den Rest der Woche rührte ich nicht eine Rechnung an. Herr Dr. Rehm war ganz gegen seine Gewohnheit nahezu ständig im Büro und deckte mich mit Arbeit ein.

Mit schlechtem Gewissen räumte ich den Packen schließlich in einen Schrank, damit ich ihn nicht die ganze Zeit im Auge hatte. Mein Feierabend war mir für eine solche Fleißarbeit dann doch zu schade.

* * * * *

Ich öffnete ein Auge und blinzelte in Richtung Wecker. Halb neun. Halb neun?!? Ich fuhr hoch, schaute nochmals auf den Wecker und rüttelte unsanft an Holger herum.

„Holger, wach auf, wir haben verschlafen!" Mir wurde ganz schlecht vor Schreck. Kaum drei Wochen im neuen Job und schon das erste Mal verpennt, wie peinlich!

„Es ist Samstag", brummelte es von links.

„Was? Samstag? Gottseidank!" seufzte ich erleichtert und ließ mich wieder zurück aufs Kopfkissen fallen. Mein Blutdruck normalisierte sich langsam. Samstag! Wie schön! Einfach umdrehen und noch ein Stündchen schlafen. Ich kuschelte mich zufrieden in meine Decke.

Nachher würde ich frische Brötchen vom Bäcker holen und gemütlich mit Holger frühstücken. Endlos lange. Oder noch besser: Ich würde Holger zum Bäcker schicken. Samstags war immer tierisch viel los, da musste man so lange anstehen. Jaaaa! Besser konnte ein Wochenende gar nicht anfangen!

Ich war schon fast wieder eingeschlafen, als Holger auf einmal hektisch nach dem Wecker grapschte, einen entsetzten Laut von sich gab und aus dem Bett sprang. Was war denn jetzt los?

„Aber sonst ist alles in Ordnung bei dir?" erkundigte ich mich empört.

„Ich bin mit Heiko um neun zum Badminton verabredet. Mist, das hatte ich ja total vergessen!"

Ich lag frustriert da. Keine frischen Brötchen, kein gemütliches Frühstück, kein Holger. Tja, so konnte ein Wochenende natürlich auch anfangen!

* * * * *

Pfeifend hüpfte ich die Treppe herunter. Die Sonne schien

und ich hatte einfach gute Laune. Was konnte einem da ein Montagmorgen schon anhaben?

Schwungvoll öffnete ich die Haustür, zog die Tageszeitung aus dem Briefkasten und lief beschwingt zu meinem Cinquecento, der vor dem Haus auf der Straße parkte.

Dort blieb mir fast das Herz stehen. Mein Auto! Mein AUTO! Ich schnappte nach Luft. Was war denn hier passiert? Die Fahrerseite war komplett eingedrückt, der linke Vorderreifen platt und alles war mit Scherben übersät.

Und weit und breit war natürlich niemand zu sehen. Fahrerflucht! Da fuhr so eine Pistensau mein Auto zu Schrott und machte sich vom Acker! Ohne eine Visitenkarte zu hinterlassen!

Fassungslos starrte ich auf mein verwüstetes Auto. Tränen stiegen mir in die Augen, als ich daran dachte, wie viel Zeit Holger in die Restaurierung dieser alten Karre gesteckt hatte und wie viel Geld ich dafür lockergemacht hatte. Mein lilafarbener, heiß geliebter Cinquino war quasi bloß noch ein wertloser Trümmerhaufen.

Und ohne einen Schuldigen würde ich von der Versicherung keinen Cent sehen, da ich mir das Geld für die Vollkaskoversicherung gespart hatte. Aber selbst die hätte mich in Anbetracht des Zeitwertes hier wohl nicht gerettet.

Total schockiert setzte ich mich auf den Randstein. Woher sollte ich nur das Geld für ein neues Auto nehmen? Holger fuhr einen Geschäftswagen, und mit öffentlichen Verkehrsmitteln brauchte ich gar nicht erst versuchen, zu meiner Arbeitsstelle zu kommen. Da war auf dem Bauch kriechen wahrscheinlich noch schneller! Gütiger Himmel, was für ein Scheißtag!

„Ach, du liebe Zeit! Was ist denn hier passiert, Alexa?" Finn war unbemerkt aus der Haustür getreten und betrachtete eingehend den Schaden.

„Keine Ahnung", sagte ich mit zittriger Stimme. Die Tränen liefen mir mittlerweile nur so übers Gesicht und ich versuchte gar nicht erst, sie aufzuhalten.

Finn nahm mich mitfühlend in den Arm. „Jetzt beruhige dich erst einmal. Ich rufe gleich die Polizei. Und vielleicht hat ja jemand etwas gesehen."

Ich nickte stumm. Ja, sicher! Wahrscheinlich gab es sogar ein Video von dem Unfall.

Bis die Herren Ordnungshüter endlich auftauchten, vergingen glatte vierzig Minuten. Meine Niedergeschlagenheit hatte sich in rasende Wut verwandelt, die sich nicht gerade legte, als sich die zwei Typen mit ihren flippigen Rod-Stewart-Frisuren gelangweilt an die Arbeit machten.

Finn kannte mich mittlerweile gut genug, um zu wissen, was die Stunde geschlagen hatte, knöpfte mir meine Fahrzeugpapiere ab und schob mich mit Nachdruck ins Haus.

„Bevor du womöglich noch etwas sagst, was dir hinterher leid tut und viel Geld kostet".

* * * * *

Ich klatschte mir Unmengen kaltes Wasser ins Gesicht. Bis Finn mit der Staatsgewalt fertig war, hatte ich mich wieder soweit hergerichtet, dass ich das Haus verlassen konnte.

„Soll ich dich ins Büro fahren, Alexa?"

„Ach Finn, du bist wirklich ein Engel!" Ich ließ mich erleichtert auf dem Beifahrersitz seines riesigen Kombis nieder.

Kaum im Büro angekommen, lief ich zu allem Unglück auch noch direkt Herrn Friedrich in die Arme. Sofort fiel mir siedend heiß das Meeting ein, das ich für ihn hätte vorbereiten sollen. Oh nein! Das hatte ich wirklich total vergessen!

Ich wollte gerade zu einer Erklärung ansetzen, als mir Herr Friedrich ungehalten ins Wort fiel.

„Was fällt Ihnen eigentlich ein, Frau Roth? Pünktlichkeit und Zuverlässigkeit gehören wohl nicht zu Ihren Tugenden! Frau Schnapp hat heute Morgen freundlicherweise Ihre Arbeit erledigt und das Meeting mit der Firma Danka vorbereitet. Das wird Konsequenzen für Sie haben!" tobte er sich aus.

„Es tut mir wirklich sehr leid, aber ich hatte ...", wollte ich mich verteidigen, als mir Herr Friedrich wiederum ins Wort fiel.

„Das interessiert mich nicht. Herr Dr. Rehm ist heute leider nicht im Hause, aber Sie können sicher sein, dass ich ihn über den Vorfall informieren werde!" Er drehte ab und ließ mich einfach stehen.

Bedrückt schlich ich in mein Büro und fing an, die Post zu öffnen, die jemand bereits an der Pforte abgeholt hatte.

Echt klasse, wenn man nicht einmal den Hauch einer Chance bekam, die Dinge richtigzustellen.

Doch, super Tag heute! Mein Auto war Schrott und nun hatte ich es mir auch noch mit dem stellvertretenden Geschäftsführer verschissen. Was kam noch? Oder war das etwa schon alles? dachte ich sarkastisch. Wenn ich den Typ in die Finger bekam, der dafür verantwortlich war, würde ich ihn freudig erregt in den Häcksler bugsieren und die Nationalhymne dazu pfeifen.

Frau Schnapp streckte ihren Kopf zur Tür herein. „Na, auch schon wach?" fragte sie munter.

„Danke der Nachfrage. Bin ich neuerdings der halben Firma Rechenschaft schuldig?" antwortete ich schärfer als beabsichtigt.

„Ups", machte sie gedehnt, „da hat aber jemand gute Laune!"

Ich seufzte tief. „Sorry, war nicht so gemeint. Aber ich habe mir von Herrn Friedrich bereits eine Predigt abgeholt. Mein Bedarf ist momentan gedeckt."

„Der war ganz schön geladen. Aber im Grunde genommen ist eigentlich gar nichts passiert. Ich habe die Präsentation nochmals überarbeitet und Frau Kurze hat mir freundlicherweise geholfen, das Besprechungszimmer vorzubereiten. Eigentlich hat er keinen Grund, sich so aufzuregen."

Ihr Gesichtsausdruck sprach Bände. Offensichtlich hatte

Herr Friedrich allgemein keinen großen Sympathie-Bonus.

„Das können Sie dem Mann im Mond erzählen. Er hat mich überhaupt nicht zu Wort kommen lassen. Stattdessen hat er mir mit Konsequenzen gedroht", meinte ich geknickt. „Als ob ich heute nicht schon genug Ärger gehabt hätte."

„Wieso, was ist denn passiert?" erkundigte sich Frau Schnapp neugierig.

Ich berichtete ausführlich, wie mein Morgen angefangen hatte.

Frau Schnapp riss ihre dunklen Augen weit auf. „Na, herzlichen Glückwunsch! Besser geht es ja gar nicht."

Ich schwieg. Mir war ganz flau bei dem Gedanken daran, wie Herr Friedrich die Sachlage wohl gegenüber meinem Chef darstellen würde. Vielleicht flog ich ja noch in der Probezeit in hohem Bogen raus? Das wäre natürlich grandios für meinen Lebenslauf und meinen Geldbeutel.

„Ich bin übrigens die Sandra", durchbrach Frau Schnapp das Schweigen und streckte mir die Hand hin.

Ich ergriff sie überrascht. „Alexa."

„Wenn du Hilfe brauchst ..."

Ich schüttelte den Kopf. „Danke für dein Angebot. Ich werde erst die Post verteilen und mir dann nochmals die Rechnungen vornehmen."

„Die Lieferantennummern!" Sandra schlug sich auf die Stirn. „Sorry, das hatte ich in der Hektik ganz vergessen. Frau Rauscher hat es mir heute Morgen erzählt. Tut mir echt leid, war keine böse Absicht."

Sie sah auf ihre Uhr. „Ich muss los. Ich habe heute und morgen externe PC-Schulung. Soll ich dir nächste Woche die Hälfte abnehmen?"

Ich winkte ab. „Schon okay. Das kommt mir heute gerade recht. Zu mehr als stupider Fließbandarbeit bin ich gerade sowieso nicht fähig."

Sandra verschwand und ich gönnte mir den unverdienten Luxus, noch eine Minute in den strahlendblauen Sommerhimmel zu blicken.

* * * * *

Als Holger nach Hause kam, saß ich wie hypnotisiert vor meiner Lieblingssendung ‚Wer wird Millionär?' und versuchte, nicht daran zu denken, wie Herr Friedrich mich morgen bei meinem Chef schlecht machen würde.

Gerade war ein Kandidat von 8.000 auf 500 Euro zurückgefallen und wie paralysiert aus dem Studio gelaufen. Der Arme! Offenbar hatten heute auch andere Leute ihren Pechtag.

„Na, geht es dir besser?"

„Nicht wirklich", antwortete ich mit Grabesstimme und erzählte, wie mich Herr Friedrich angepflaumt hatte.

„Der alte Sack hat sie ja wohl nicht alle!" meinte Holger aufgebracht. „Wieso lässt er dich nicht wenigstens ausreden?"

„Wahrscheinlich, weil er mich so gut leiden kann", sagte ich sarkastisch. „Das beruht zwar auf Gegenseitigkeit, aber leider sitzt er eindeutig am längeren Hebel!"

„Du hast doch einen guten Draht zu deinem Chef. Du musst es ihm morgen eben gleich beichten, noch bevor der Friedrich die Gelegenheit bekommt, ihm die Geschichte aus seiner Sicht zu schildern."

„Super Idee! Wo der doch sicher schon seit den frühen Morgenstunden mit geifernden Lefzen in der Tiefgarage auf Herrn Dr. Rehm lauert. Diese Gelegenheit, mich zu diskreditieren, lässt der sich doch nicht entgehen", meinte ich düster.

„Wie wäre es mit der ‚kurzer-Rock-tiefer-Ausschnitt'-Taktik?"

Ich schüttelte den Kopf. „Zu offensichtlich. Das käme ja einem Schuldeingeständnis gleich."

Ich überlegte. „Aber ich glaube, ich habe eine andere Idee!"

* * * * *

Am nächsten Morgen erschien ich pünktlich an meinem

Arbeitsplatz. Innerlich zitternd wie Espenlaub versuchte ich nach außen einen vollkommen ruhigen Eindruck zu machen. Mit meinem schwarzen Hosenanzug und den straff zurück ge-kämmten Haaren verkörperte ich das personifizierte Pflichtbewusstsein.

Gegen neun Uhr erschien Herr Dr. Rehm mit Herrn Friedrich im Schlepptau. „Guten Morgen, Frau Roth. Kommen Sie bitte in mein Büro."

Ich nickte brav. Die Aktion ‚Arbeitsplatzsicherung' begann.

Ich stand auf und hinkte demonstrativ in sein Büro.

Stirnrunzelnd blickte mich Herr Dr. Rehm an. „Sind Sie verletzt?"

Ich ließ mich mit schmerzverzerrtem Gesicht in einen Besucherstuhl sinken und sagte tapfer: „Es ist nicht so schlimm!"

„Kleinen Moment, Hans-Jürgen, wir klären das gleich", vertröstete mein Chef Herrn Friedrich und wandte sich dann wieder an mich.

„Nun erzählen Sie schon, Frau Roth. Was ist denn passiert?" drängte er.

Ich vermied es, Herrn Friedrich anzusehen, und meinte: „Es ist wirklich nicht so schlimm. Ich hatte gestern nur einen kleinen Unfall."

Mein Chef runzelte die Stirn. „Einen Unfall?"

Ich wand mich, als wäre es mir peinlich, dass um die Sache so viel Aufhebens gemacht wurde.

„Ich wollte gestern Morgen gerade losfahren, als ein LKW beim Rangieren in unserer engen Straße mein Auto gerammt hat. Durch den heftigen Stoß habe ich mich am Knie verletzt. Es ist wirklich nicht so schlimm."

Heimlich kreuzte ich die Finger hinter meinem Rücken und hoffte, dass mir diese kleine Notlüge nicht allzu viel schlechtes Karma bescheren würde.

„Um Gottes Willen, Frau Roth. Waren Sie schon beim Arzt?"

„Nein, der hätte mich doch sofort krankgeschrieben und ich möchte nicht gleich in der Probezeit fehlen. Es geht schon. Es ist mir nur furchtbar unangenehm, dass ich gestern Morgen zu spät ins Büro gekommen bin und das Meeting für Herrn Friedrich nicht vorbereiten konnte. Aber es hat ziemlich lange gedauert, bis die Polizei den Unfall aufgenommen hatte."

„Vergessen Sie doch das Meeting, Frau Roth", meinte Herr Dr. Rehm mitfühlend, während Herr Friedrich mit offenem Mund daneben saß. „Am wichtigsten ist doch, dass Ihnen nicht Schlimmeres passiert ist."

„Mir reicht es auch so schon, ehrlich gesagt. Ich war so benommen, dass ich mir das Kennzeichen natürlich nicht gemerkt habe und die Nachbarn haben leider auch nichts gesehen. Es ging alles so schnell. Und jetzt habe ich einen Totalschaden und keine gegnerische Versicherung ...".

Ich hob hilflos die Hände. „Heute hat mich zwar mein Freund zur Arbeit gefahren, aber eine Dauerlösung ist das natürlich nicht."

„Aber das ist doch das kleinste Problem, Frau Roth. Die blaue A-Klasse ist momentan nicht im Einsatz, die können Sie gerne die nächsten Wochen fahren", schlug Herr Dr. Rehm vor.

Wie nett von ihm! Ich schielte unauffällig zu Herrn Friedrich. Die dicke, rote Ader an seinem Hals sah irgendwie ungesund aus.

„Aber das kann ich doch nicht annehmen", meinte ich bescheiden.

„Doch, natürlich können Sie das, Frau Roth! Sie können dann gehen, ich habe noch eine Kleinigkeit mit Herrn Friedrich zu besprechen. Gute Besserung!"

Ich stemmte mich mühsam von meinem Stuhl hoch und hinkte in mein Büro.

* * * * *

Die nette Frau Kurze aus der Personalabteilung hatte auf mein vorsichtiges Drängen Sandras private Telefonnummer herausgerückt.

Es klingelte ziemlich lange. Als ich gerade auflegen wollte, meldete sich eine Männerstimme. „Hier bei Schnapp?"

„Mein Name ist Roth, guten Abend. Ich hätte gern Frau Schnapp gesprochen", sagte ich irritiert. Irgendwie kam mir die Stimme bekannt vor.

„Kleinen Moment, bitte – Sandra!" hörte ich die Stimme rufen. Da fiel bei mir der Groschen. Das rollende „R" hatte ihn verraten: Herr Heilig war am Apparat gewesen. Ich war gespannt auf Sandras Reaktion.

„Sandra Schnapp, hallo?"

„Alexa hier. Störe ich?"

„Woher hast du meine Nummer?" fragte sie erstaunt.

„Frau Kurze hat sie mir gegeben."

Ich holte tief Luft. „Ich muss dich um einen Gefallen bitten."

„Klar, worum geht es denn?"

„Du kennst doch die Geschichte von meinem Unfall. Die musste ich heute leider zu meinen Gunsten etwas frisieren."

Ich erzählte, was sich in Herrn Dr. Rehms Büro abgespielt hatte und erntete für meine Beschreibung von Herrn Friedrichs Gesichtsausdruck schallendes Gelächter am anderen Ende der Leitung. Aha, offenbar hatte man die Mithörfunktion eingeschaltet.

„Kann ich mich auf euch verlassen?" fragte ich betont unbefangen.

„Kein Thema, Alexa. Miro und ich schweigen wie ein Grab. Du auch?"

Okay, wir verstanden uns offenbar auch ohne große Worte. Die geheime Büroliebe sollte also auch weiterhin geheim bleiben.

„Ehrensache!"

* * * * *

Als ich am nächsten Morgen ins Büro kam, fand ich einen riesigen Sonnenblumenstrauß auf meinem Schreibtisch vor. Überrascht suchte ich nach einer Karte, konnte aber keine entdecken. Von wem der wohl war?

Herr Dr. Rehm betrat schwungvoll mein Büro. „Guten Morgen, Frau Roth! Na, wie geht es Ihnen heute?"

„Danke, ganz gut", antwortete ich. „Wissen Sie, von wem die Blumen sind?"

Mein Chef tat erstaunt. „Müsste ich das etwa wissen?"

Ich lachte. „Herzlichen Dank! Der Strauß ist wirklich wunderschön!"

„Freut mich, dass er Ihnen gefällt. Sehen Sie es als kleine Entschädigung für vorgestern."

Ich winkte mit dem Autoschlüssel. „Das wäre doch nicht nötig gewesen. Ich bin schon froh, dass ich das Auto haben darf."

„Aber das ist doch selbstverständlich, Frau Roth! Liegt diese Woche noch etwas Wichtiges an?"

Ich überlegte kurz. „Soweit ich weiß, nicht. Nur der übliche Jour Fixe mit Herrn Friedrich und ein Termin mit Herrn Fricke und Herrn Heilig wegen der diesjährigen Wintererprobung in Schweden."

„Der Jour Fixe fällt aus und den Termin mit Herrn Fricke verschieben Sie bitte auf nächste Woche. Ich muss heute noch aus privaten Gründen nach Hamburg fahren und werde den Rest der Woche Urlaub nehmen", sagte er seufzend.

„Das klingt nicht nach einem positiven Anlass", entgegnete ich vorsichtig.

„Nein, leider nicht. Meine Mutter ist schwer erkrankt und die Ärzte geben ihr nur noch wenige Tage."

„Das tut mir sehr leid für Sie, Herr Dr. Rehm."

„Man kann den Lauf der Dinge eben nicht aufhalten. Meine Mutter ist 84 und war nie ernsthaft krank. Sie hat ein erfülltes Leben gehabt. Wenn sie nun nicht lange zu leiden hat, ist das mehr, als man in diesem Alter erwarten kann."

„Da haben Sie sicher recht. Trotzdem ist es nie einfach, jemanden zu verlieren", sagte ich mitfühlend.

Er quittierte meine Bemerkung mit einem Kopfnicken.

„Während meiner Abwesenheit ist Herr Friedrich Ihr Ansprechpartner in allen Belangen." Er zögerte, als wolle er noch etwas hinzufügen, überlegte es sich aber anders und verließ mein Büro.

Meine Begeisterung hielt sich in Grenzen.

* * * * *

„Was machen wir am Wochenende?" fragte ich Holger beim Abendessen.

„Keine Ahnung. Wieso fragst du?"

„Nun, wir haben noch ein klitzekleines Fest zu planen und das sollten wir irgendwann in Angriff nehmen!"

„Seit wann planst du Tante Hildes Geburtstagsfeier?" wollte Holger zerstreut wissen.

„Du Blödi! Ich meine doch unsere Hochzeit!" lachte ich.

„Du weißt doch noch nicht einmal, für welchen Nachnamen du dich entscheiden sollst", meinte Holger mit nüchterner Männerlogik. „Wie willst du denn da eine Hochzeit planen?"

„Das eine hat doch mit dem anderen überhaupt nichts zu tun", entgegnete ich leicht verärgert. „Sag doch gleich, dass du keine Lust hast!"

„Das stimmt so nicht, Alexa."

Ich schwieg trotzig.

Holger versuchte es mit einem Friedensangebot: „Lass uns doch einfach im Ausland heiraten. Ohne viel Rummel. Nur wir zwei unter Palmen."

Ich warf ihm einen vernichtenden Blick zu. Er glaubte wohl, mich mit der Romantik-Masche einfangen zu können, damit er um die Hochzeitsplanung herumkam. Aber nicht mit mir! Um mein rauschendes Fest würde mich keiner bringen!

Holger seufzte. „Gut, dann eben nicht. Wo – wann – wie? Auf dem Leuchtturm, im Zoo, an Weihnachten, im Mai?"

„Spinnst du? Im Mai heiratet doch jeder", antwortete ich wie aus der Pistole geschossen.

Holger überlegte. „Wie wäre es am Valentinstag? Wenn das nicht romantisch ist!"

„Im Februar? Willst du deine künftige Ehefrau im Schlitten zum Standesamt ziehen?" schmollte ich. „Außerdem will ich draußen feiern."

„Okay, dann eben im August", schlug Holger ergeben vor.

„In den Sommerferien sind doch alle im Urlaub!"

Holgers Miene verhieß nichts Gutes. „Viele Monate bleiben ja nun nicht mehr übrig, also mach bitte du einen Vorschlag, Alexa!"

Verflixt, das war wirklich gar nicht so einfach.

„Lass uns lieber über das Büffet reden", schlug ich schließlich kleinlaut vor.

* * * * *

Ich hatte beschlossen, mich für den Rest der Woche in meinem Büro zu verschanzen, um Herrn Friedrich so selten wie möglich zu begegnen. Seine Post brachte ich ihm immer dann, wenn er gerade telefonierte. Er selbst kam auch nicht auf mich zu. So klappte es eigentlich ganz gut zwischen uns.

Am Freitag kam ich in Hochstimmung ins Büro. Lohengrin hatte einen Kundentermin, das Wochenende stand vor der Tür und am Montag war endlich, endlich mein Chef wieder da.

Sandra, Miro und Frau Kurze standen zusammen im Flur und machten betretene Gesichter. Mich beschlich ein ungutes Gefühl.

„Guten Morgen. Ist irgendetwas passiert?" erkundigte ich mich unbehaglich.

„Allerdings. Herr Dr. Rehm hatte letzte Nacht einen Autounfall", antwortete Sandra bedrückt.

„Wie bitte? Das kann doch nicht wahr sein!" rief ich entsetzt aus.

„Leider doch", sagte Frau Kurze. „Seine Frau hat eben angerufen. Er ist immer noch bewusstlos und liegt auf der Intensivstation."

Mir wurde ganz schlecht vor Schreck. Sandra sah auch richtig bleich aus.

„Wie ist es denn passiert?" fragte ich, obwohl ich mir nicht sicher war, ob ich es wirklich wissen wollte.

Frau Kurze schüttelte den Kopf. „Das weiß ich leider auch nicht. Frau Rehm wollte eigentlich mit Herrn Friedrich sprechen. Ich habe ihr seine neue Handynummer gegeben."

Stille. Jeder hing seinen Gedanken nach. Ich konnte es noch gar nicht glauben. Am Dienstag hatten wir uns noch über seine kranke Mutter unterhalten und jetzt lag er selbst vollkommen hilflos an Dutzende Schläuche angeschlossen auf der Intensivstation. Mein lebensfroher, charmanter Chef! Das Schicksal spielte seine Karten manchmal dermaßen boshaft aus, dass man fast eine Gänsehaut bekommen konnte. Ich dachte an den wunderschönen Sonnenblumenstrauß und spürte, wie es mir eng in der Kehle wurde.

Ich räusperte mich. „Ich glaube, ich könnte jetzt einen starken Kaffee vertragen."

* * * * *

Wenig später saßen Sandra, Miro und ich in meinem Büro.

„Ich kann es noch gar nicht glauben", meinte Sandra langsam.

Ich rührte krampfhaft in meinem Kaffeebecher herum. „Ich auch nicht. Hoffentlich wird er bald wieder gesund."

„Hoffentlich. Überleg mal, er ist jetzt seit mindestens zehn Stunden bewusstlos."

„Hat das was zu sagen?" dachte Miro laut nach. „Vielleicht wurde er auch in ein künstliches Koma versetzt, damit er die Schmerzen nicht ertragen muss."

„Keine Ahnung", antwortete Sandra schulterzuckend. „Medizin ist leider nicht gerade mein Fachgebiet."

„Meines auch nicht", stimmte ich ihr zu. „Mein Onkel war zwar Arzt, hat sich aber eher Krähenfüßen und Reiterhosen gewidmet."

Fragende Blicke.

„Er war Schönheitschirurg", fügte ich erklärend hinzu.

„Echt? Das ist ja interessant. Hatte er auch Prominenz auf dem OP-Tisch?" fragte Sandra neugierig.

„Keine Ahnung. Ich habe mich nie sonderlich dafür interessiert. Damals wurden solche Operationen meistens totgeschwiegen. Offiziell war man bei Dreharbeiten im Ausland, und wenn man wieder in der Öffentlichkeit auftauchte, hatte man eben ein paar Falten weniger und zwei Körbchengrößen mehr. Heutzutage hingegen ist es für die Promis doch geradezu Pflicht, sich damit zu brüsten."

„Im wahrsten Sinne des Wortes", kalauerte Miro.

Sandra und ich mussten trotz unserer trüben Stimmung lachen.

* * * * *

„Was für eine Woche!" stöhnte ich und ließ mich zwischen Jonas und Lukas auf Heidis Sofa fallen. Wie auf ein geheimes Kommando hin fingen die Kinder sofort an, mich durchzukitzeln. Begeistert kam auch Markus noch angerannt und stürzte sich mit einem Kampfschrei ins Getümmel. Ich wehrte mich lachend nach allen Seiten, hatte aber gegen die Übermacht keine Chance.

Heidi stand kopfschüttelnd daneben. „Wenn man dich so sieht, möchte man nie im Leben glauben, dass du zwanzig Jahre älter bist!"

Ich drückte alle drei an mich und küsste sie. „Das sind eben meine süßen Zuckerschnäuzchen!"

„Du bist unsere Lieblingstante", schmeichelte Jonas eifrig.

Ich grinste. Klar, Erik hatte schließlich keine Geschwister.

„Unsere allerallerallerliebste Tante", versuchte ihn Lukas begeistert zu übertreffen.

„Lass uns gehen", meinte Heidi schließlich.

„Warum dürfen wir nicht mit?" maulte Jonas

„Ein anderes Mal", vertröstete ihn Heidi.

Wir zogen unsere Inline Skates an und liefen langsam los. Da ich längere Zeit nicht mehr auf den Dingern gestanden hatte, war meine Kondition praktisch nicht vorhanden. Nach den ersten zwei Kilometern stand mir bereits der Schweiß auf der Stirn und ich beneidete Heidi, die total locker und unangestrengt aussah.

„Können wir nicht ein bisschen langsamer laufen?" schnaufte ich.

Meine Schwester drehte sich um und lachte mich aus. „Wir haben doch gerade erst angefangen!"

„Du hast heimlich geübt", beschuldigte ich sie keuchend.

„Quatsch, wann denn? Aber ich habe drei lebhafte Kinder, das hält fit!"

Ich schnitt hinter ihrem Rücken Grimassen und fügte mich in mein Schicksal. Die ganze Aktion war schließlich meine Schnapsidee gewesen. Als Ausgleich zum Büroalltag sozusagen. Ich schwor mir, für meinen nächsten sportlichen Anfall Finn zu verpflichten, der absolut unsportlich war. Irgendwie war das besser für mein Ego.

Nach fünf Kilometern erreichten wir einen Biergarten und Heidi hatte ein Einsehen. Wir holten uns zwei Radler und ließen uns auf eine Bierbank fallen. Ich nahm einen tiefen Schluck. Tat das gut!

„Was macht dein Auto?" fragte Heidi.

„Erinnere mich bloß nicht daran. Holger meint, da sei nicht mehr viel zu retten. Auch wenn mir das Herz blutet, aber es lohnt sich einfach nicht, noch einmal so viel Geld zu investieren."

„Und was sagen unsere lieben Ordnungshüter dazu?"

„Guter Witz", meinte ich ironisch. „Wann ist bei einer Anzeige gegen Unbekannt jemals etwas herausgekommen?"

„Also Schrottplatz?"

Ich nickte. „Holger bringt ihn weg, sobald er wieder etwas mehr Zeit hat. Das überlebe ich nicht!" jammerte ich. „Und dann noch Moms Predigt: ‚Du hättest eben nicht deine ganze

Abfindung in diese alte Klapperkiste stecken sollen. Paps hätte dir für wenig Geld einen netten, kleinen Gebrauchtwagen besorgen können', blablabla."

„Das war zu erwarten. Wobei, nett und klein war dein Auto ja schließlich auch," grinste Heidi. „Wie kommst du jetzt ins Büro?"

„Mein Chef war so großzügig, mir eins der Firmenautos zur Verfügung zu stellen, aber die Freude ist vermutlich auch bald vorbei", meinte ich düster. Ich erzählte ihr von Herrn Dr. Rehms Unfall.

Heidi riss entsetzt ihre Augen auf. „Nein! Und Herr Friedrich ist jetzt quasi dein neuer Chef?"

Ich nickte bedrückt.

„Kopf hoch, Alexa. Vielleicht wird es ja gar nicht so schlimm!" versuchte sie mich zu trösten.

Ich war nicht wirklich überzeugt. „Und die Erde ist eine Scheibe, oder?"

* * * * *

Montagmorgen.

„Kommen Sie bitte in mein Büro, Frau Roth!" schnarrte Herr Friedrich ins Telefon.

Vor diesem Moment hatte ich mich bereits seit Stunden gefürchtet. Auf dem Weg atmete ich tief ein und aus, um mich zu beruhigen. Ommm!

Folgsam setzte ich mich auf den Stuhl vor seinem Schreibtisch. Herr Friedrich lehnte sich in seinem teuren Ledersessel weit nach hinten, fixierte mich kühl und verschränkte die Arme hinter dem Kopf. Seine rechte Hand kraulte ununterbrochen sein linkes Ohrläppchen. Sicher eine unbewusste Handlung, aber ich fand es irgendwie widerlich. Fehlt nur noch, dass er sich ganz unbewusst im Schritt kratzt, dachte ich angeekelt.

„Nachdem Herr Dr. Rehm für mehrere Wochen oder gar Monate ausfallen wird, werde ich die Geschäfte der Oss

GmbH leiten, was für Sie bedeutet, dass Sie sich auf meine Arbeitsweise einzurichten haben."

Ich nickte folgsam. Nur keine Angriffsfläche bieten. Schließlich musste ich die nächste Zeit wohl oder übel einigermaßen mit ihm auskommen.

„Als erstes habe ich hier eine Liste von Firmen, die Sie bitte wegen einer Terminvereinbarung kontaktieren."

Ich nahm die Liste entgegen und überflog sie. Verwundert wollte ich einwenden, dass diese Unternehmen nicht im Mindesten unserer Zielgruppe entsprachen, als mir Herr Friedrich das Wort abschnitt: „Bitte keine Termine vor neun Uhr!"

Ich sagte nichts mehr. Herr Dr. Rehm hatte mich zu seiner Unterstützung als Assistentin eingestellt, wogegen ich für Herrn Friedrich offenbar nur die Befehlsempfängerin war, die ihr Hirn an der Pforte abzugeben hatte.

Nachdem mir weitere mehr oder weniger sinnvolle Aufgaben übertragen worden waren, durfte ich die Kammer des Schreckens erleichtert wieder verlassen.

Na also! Solange ich Herrn Friedrichs Wünsche brav erfüllte und mein Mundwerk im Zaum hielt, würde es schon nicht so schlimm werden.

* * * * *

Damit mir auch wirklich bewusst wurde, wer von jetzt an das Sagen hatte, zog Herr Friedrich die Zügel in den nächsten Tagen etwas an. Ich konnte keine Stunde ungestört arbeiten, ohne dass er mich wegen irgendwelcher Nichtigkeiten anklingelte, die sofort zu erledigen waren.

Er schickte mir per Mail seitenlange, grottenschlechte Entwürfe von Artikeln für Fachzeitschriften, die ich umzuformatieren hatte. Zudem musste ich nach seinen Vorgaben einige Arbeitsplatzbeschreibungen ändern, die bereits am folgenden Tag wieder hinfällig waren. Offenbar wollte er sich während Herrn Dr. Rehms Abwesenheit profilieren, beziehungsweise ungestört an dessen Stuhl sägen.

Einen Teil meiner eigentlichen Aufgaben verschob ich regel-mäßig auf den Feierabend, sodass mein Überstundenkonto rasant anwuchs.

Sandra und Miro warfen mir nur mitleidige Blicke zu, wenn ich wieder einmal gehetzt durch den Gang rannte, ohne Zeit für einen kurzen Schwatz zu haben. Auch meine Mittagspause ließ ich immer öfter ausfallen.

* * * * *

Ich ließ mich aufs Sofa fallen und streckte alle Viere von mir. „Endlich Wochenende!"

Holger kam in seiner Hier-kocht-der-Chef!-Schürze aus der Küche. „Na, hast du auch genügend Hunger mitgebracht?"

Ich schnupperte genüsslich. „Rieche ich da etwa deine legen-däre Sauce Bolognese?"

Holger lachte. „Wie hast du das nur ohne Telefonjoker he-rausgefunden?"

„Ich hoffe, meine Portion fällt nicht zu mickrig aus, ich habe einen Bärenhunger!"

„Klingt so, als wäre deine Mittagspause mal wieder ausge-fallen?"

„Erraten. Aber wenn ich hier so lecker bekocht werde, hat es sich ja gelohnt."

„Herr Friedrich scheint ja ein richtiger Nervtöterich zu sein."

„Tja, von einem pünktlichen Feierabend träume ich schon lange nicht mehr. Aber solange ich ein braves Mädchen bin, lässt er mich wenigstens in Ruhe", meinte ich zuversichtlich.

* * * * *

In der folgenden Woche musste ich leider feststellen, dass Herr Friedrich eine weitere Steigerung meines Arbeitstempos offenbar für angebracht hielt. Statistiken, Aufstellungen, Auswertungen - hatte ich einen Ausdruck abgeliefert, klingelte fünf Minuten später wieder das Telefon.

Wie in der griechischen Mythologie, dachte ich zynisch. Ich schlage dem Ungeheuer einen Kopf ab und es wachsen ihm sofort zwei neue nach.

Ich bemühte mich wirklich, ruhig zu bleiben, aber gegen Mitte der Woche eskalierte die Situation dann schließlich doch. Ich hatte rasende Kopfschmerzen, das Telefon klingelte ununterbrochen und ich mühte mich bereits seit zwei Stunden mit einer komplizierten Berechnung ab, als Herr Friedrich mit einigen Listen dazwischen platzte, die er sofort kopiert haben wollte.

„Hat das nicht nach dem Mittagessen noch Zeit?" fragte ich unfreundlicher, als ich eigentlich wollte.

„Möchten Sie Ihren Ton vielleicht nochmals überdenken?" fragte Herr Friedrich mit eisiger Stimme und schaute mich zornig an.

„Entschuldigen Sie bitte. Aber ich dachte, Sie benötigen die Berechnung ...", wollte ich dagegenhalten, hatte aber keine Chance, meinen Satz zu Ende zu sprechen.

„Überlassen Sie das Denken mir und erledigen Sie einfach Ihre Arbeit. Dafür werden Sie schließlich bezahlt!"

Er ließ den Stapel Papier auf meinen Schreibtisch fallen und rauschte aus meinem Büro. Geknickt trug ich den Berg zum Kopierer.

* * * * *

Nach dieser kleinen Episode waren die Fronten endgültig abgesteckt und die trügerische Ruhe hatte ein Ende. Herr Friedrich schikanierte mich, wo es nur ging, knöpfte mir mit einer schalen Ausrede triumphierend den Autoschlüssel für das Firmenauto wieder ab und sparte nicht mit gezielten Provokationen. Es war die Hölle.

Je mehr ich mich bemühte, alles richtig zu machen, desto mehr Fehler unterliefen mir, die er natürlich genüsslich ausschlachtete.

Innerhalb kürzester Zeit war ich ein zittriges Nervenbündel. Ich schlief nachts schlecht und schnauzte Holger des Öfteren grundlos an, was mir hinterher wieder leidtat. Zum ersten Mal in meinem Berufsleben musste ich am eigenen Leib erfahren, was das Wort ‚Mobbing' bedeuten konnte.

Nichtsdestotrotz dachte ich nicht im Traum daran, das Handtuch zu werfen. Schließlich hatte ich auch meinen Stolz. Außerdem machte mir der Job wirklich Spaß, die Kollegen waren nett und die Kohle stimmte auch. Ich war wild entschlossen, durchzuhalten, bis mein Chef wieder auf seinem Sessel saß und Herrn Friedrich in seine Schranken wies.

Nach einem besonders bösartigen Rüffel flüchtete ich allerdings den Tränen nahe in Sandras Büro.

„So schlimm?" fragte sie mitfühlend.

„Schlimmer! Manchmal habe ich fast den Eindruck, dass er mich loswerden will", antwortete ich bekümmert.

Sandra sah mich nachdenklich an. „Vielleicht ist das gar nicht so weit hergeholt."

Ich starrte sie verständnislos an. „Wie meinst du das?"

„Als bekannt wurde, dass Frau Lindauer die Firma verlassen wird, hat er seine arbeitslose Nichte als Nachfolgerin vorgeschlagen. Sie war zwar zu einem Vorstellungsgespräch eingeladen, aber Herr Dr. Rehm war von ihren beruflichen Qualitäten nicht sehr überzeugt. Herr Friedrich war stinksauer deswegen, nicht zuletzt, weil Dieter Dennessel trotz mangelhafter Fähigkeiten einen Job bekommen hat."

Ich verstand nur Bahnhof. „Was hat der denn damit zu tun?"

„Er ist der Sohn von Herrn Dr. Rehms Schwester."

Ich hielt mir stöhnend den Kopf. „Bitte sag, dass das nicht wahr ist!"

Sandra machte eine entschuldigende Geste. „Leider doch! Dennessel war wohl schon immer ein komischer Kauz. Freunde hatte er keine und mit den Frauen hat es auch nicht so gut geklappt."

„Schwer vorstellbar", entgegnete ich trocken.

„Nach jeder Trennung hat er Trost im Alkohol gesucht. Erst ein Gläschen, dann ein Fläschchen und später hat er zum Saufen dann gar keinen Grund mehr gebraucht. Zu guter Letzt hat er auch noch seinen Job verloren, weil er tagelang hackedicht im Bett lag und im Büro nur noch sporadisch aufgetaucht ist."

„Woher weißt du denn das alles?" fragte ich neugierig.

Sandra wurde rot. „Betriebsgeheimnis. Jedenfalls habe ich mitbekommen, dass Frau Dennessel Herrn Dr. Rehm händeringend um Hilfe gebeten hat und so hat er zähneknirschend eingewilligt, Dennessel einen Job zu besorgen, wenn er die Entziehungskur durchhält. Tja, Vitamin B hat eben schon so manchem das Berufsleben erleichtert."

„Da kann ich mitreden", meinte ich geknickt.

„Wie meinst du das?" fragte Sandra mit gerunzelter Stirn.

„Meine Großtante ist eine gute Bekannte von Herrn Dr. Rehm."

„Echt?" fragte Sandra verblüfft und fügte nach kurzem Nachdenken hinzu: „Weiß Herr Friedrich das?"

„Keine Ahnung! Meinst du wirklich, er würde die Abwesenheit von Herrn Dr. Rehm ausnutzen, um mich zu entlassen und den Weg für seine Nichte freizumachen?"

„Das wäre mein Untergang", meinte Sandra mit Grabesstimme. „Die ist zu beschränkt, um allein den Weg zum Klo zu finden! Außerdem habe ich mich gerade so schön an dich gewöhnt. Am Anfang dachte ich wirklich, du gehörst zur schön-aber-blöd-Fraktion."

„Danke für die Blumen. So aufgebrezelt war ich nun auch wieder nicht. Aber ich muss gestehen, ich hatte auch gewisse Vorbehalte gegen dich", entgegnete ich grinsend und amüsierte mich einen Augenblick über ihre überraschte Miene.

Nachdem ich ihr von meinem Traum mit dem Brieföffner erzählt hatte, brach Sandra in schallendes Gelächter aus.

* * * * *

Ich war gerade dabei, einen neuen Ablauf für unser Standard-Fahrsicherheitstraining zu entwerfen, als mich Herr Friedrich wieder einmal in sein Büro zitierte. Seufzend ließ ich alles stehen und liegen. Manchmal hatte ich das Gefühl, dass er bereits mit der Stoppuhr in der Hand auf mich wartete.

Schon von weitem hörte ich seinen trockenen Reizhusten, der jeden Lungenspezialisten sofort in höchste Alarmbereitschaft versetzt hätte. Ich holte tief Luft und öffnete schwungvoll die Tür zu seinem Büro. Herr Friedrich würde mich nicht klein kriegen, niemals! Eher würde ein Dieter Bohlen ins Kloster eintreten.

Ich nahm Platz. Herr Friedrich fixierte mich einen Moment, stand dann abrupt auf und begann, hinter seinem Schreibtisch hin und her zu laufen.

„Wir haben einen stetigen Rückgang der Anmeldungen für unsere Sicherheitstrainings zu verzeichnen. Die Zahlen sind überhaupt nicht zufriedenstellend. Ich muss Ihnen leider mitteilen, dass Ihr Engagement sehr zu wünschen übrig lässt."

Aufgebracht sah ich ihn an. Der hatte ja wohl nicht mehr alle Tassen im Schrank! Da ich den ganzen Tag über mit mehr oder minder dämlichen Aufgaben eingedeckt wurde, hatte ich letzte Woche abends zu Hause ein Werbeschreiben entworfen, das ich an unsere fünfzig größten Kunden geschickt hatte. Ein paar Anfragen waren daraufhin schon bei mir eingegangen. Mangelndes Engagement konnte man mir somit ja wohl kaum vorwerfen.

Ich setzte gerade an, um dieses Gegenargument vorzubringen, als mir Herr Friedrich auch schon ins Wort fiel: „Lassen Sie mich bitte ausreden, Frau Roth."

Ein strenger Blick traf mich. „Kann es sein, dass Sie mit dieser Aufgabe überfordert sind?"

Aha, daher wehte der Wind! Obwohl ich vor Wut kochte, bemühte ich mich, ruhig und sachlich zu antworten.

„Sicherlich haben sich die Sommerferien in Ihrer Auswertung bemerkbar gemacht. Zudem sind die Unternehmen aufgrund der schlechten Konjunktur natürlich sehr vorsichtig mit Investitionen. Unsere Trainings sind im Vergleich zu unseren Wettbewerbern eben etwas teurer. Außerdem habe ich erst letzte Woche ein Werbeschreiben verschickt."

„Das ist sicherlich ein erster Ansatz, Frau Roth, da widerspreche ich Ihnen gar nicht. Es kommt aber auch darauf an, interessierte Neukunden im Gespräch von unseren umfangreicheren Leistungen zu überzeugen."

Ich biss mir grimmig auf die Lippen. Herr Friedrich hatte seine Fußangel sehr geschickt ausgelegt. Ich hatte neulich am Telefon einen älteren Herrn, der seiner Enkelin einen Kurs zum Geburtstag schenken wollte, mit dem Hinweis, unser Unternehmen betreue nur Firmenkunden, an die Verkehrswacht verwiesen. Natürlich war Herr Friedrich just in diesem Moment in mein Büro geplatzt und hatte entsetzt vernommen, wie ich einen potenziellen Kunden vergrault hatte. Er hatte zwar nur den letzten Teil des Gesprächs mitbekommen, aber es war klar, dass er mir daraus mit Genuss einen Strick drehen würde.

„Wenn Sie mir damals zugehört hätten …", begann ich mit mühsam unterdrückter Wut in der Stimme, als Herr Friedrich plötzlich mit der Faust auf den Tisch schlug.

Ich zuckte zusammen.

„Ende der Diskussion, Frau Roth! Überlegen Sie sich bitte, welche Position Sie haben und welche Position ich habe und ob Sie es sich wohl leisten können, in dieser Art und Weise mit Ihrem Vorgesetzten zu reden. Ihr unverschämtes Verhalten wird Konsequenzen haben!"

Wortlos erhob ich mich und verließ sein Büro.

* * * * *

Mist, schon zwanzig vor acht. Nicht gerade meine bevorzugte Zeit für den Wochenendeinkauf. Leider hatte ich meinen pünktlichen Feierabend wieder einmal geopfert, um Herrn

Friedrich keine weitere Angriffsfläche zu bieten. Ich hatte alles aufgearbeitet und meinen Schreibtisch komplett leer hinterlassen. Das Wochenende hatte ich mir wirklich redlich verdient!

Holger war praktischerweise nicht zu erreichen gewesen, sodass ich zähneknirschend den Umweg zum Supermarkt gefahren war. Super, als ob ich nicht schon genug Stress hatte!

Außerdem fuhr ich zur Zeit mangels Auto und dank gutem Wetter mit der Vespa ins Büro, was auch nicht gerade die beste Voraussetzung für einen Großeinkauf war. Wo trieb sich Holger bloß wieder herum?

Da meine Mittagspause wieder einmal ausgefallen war, hatte ich tierisch Kohldampf und ein dementsprechend merkwürdiges Sammelsurium an Lebensmitteln befand sich in meinem Einkaufswagen. Ohne Einkaufszettel und hungrig einkaufen zu gehen, war sowieso tödlich. Das konnte man schließlich in jedem Ratgeber nachlesen.

In Gedanken noch bei Herrn Friedrich und der mir heute angedrohten Abmahnung, packte ich geistesabwesend noch zwei Päckchen Nudeln in meinen Wagen und machte mich auf den Weg zur Kasse.

Meine Güte, da war ja die Hölle los. Gedankenverloren reihte ich mich in eine Schlange ein und rückte langsam nach vorne.

Das Gespräch mit Lohengrin ging mir nicht aus dem Kopf. Er würde mir doch nicht wirklich eine Abmahnung verpassen. Oder? Immerhin hatte er das Talent, alles zu meinen Ungunsten hinzudrehen. Meine vielen Überstunden interpretierte er als meine Unfähigkeit, in angemessener Zeit mit meiner Arbeit fertig zu werden. In meinem guten Draht zu den Kollegen sah er eine Verbrüderungskampagne gegen sich selbst. Hatte ich überhaupt eine faire Chance?

Als ich gerade angefangen hatte, meine Nudeln auf dem Förderband aufzubauen, tauchten auf einmal ein paar Gläschen Babybrei in meinem Einkaufswagen auf.

Ich hielt inne. Moment mal! Babybrei? Wie tatterig war ich eigentlich schon? Hatte ich in meiner Senilität etwa in das Regal mit der Babynahrung gegriffen? Wider Willen musste ich grinsen. Holger würde sich totlachen.

Na, auch egal. Heidis Racker waren zwar dem Gläschen-Alter schon entwachsen, hatten aber sicher trotzdem Verwendung für leckeren Apfel-Birnen-Brei.

Kopfschüttelnd griff ich nach weiteren Lebensmitteln und erstarrte auf einmal mitten in der Bewegung. Ein Glas eingelegte Artischocken? Sardellenfilets? Grüne Oliven? Eine ... Jeanstasche??

Mir wurde plötzlich heiß und kalt. Das war nicht mein Wagen. Das war definitiv NICHT mein Einkaufswagen! Und hinter mir standen mindestens fünf Leute in der Schlange. Oh, nein! Was nun?

Ich überlegte blitzschnell und fing hektisch an, die Waren wieder in den Wagen zu werfen, bevor meine Vorgängerin bezahlt hatte.

Einige Leute sahen mir kopfschüttelnd zu, während andere miteinander tuschelten und auf mich deuteten. Mit hochrotem Kopf bahnte ich mir einen Weg rückwärts durch die Reihe der Wartenden. Mann, war das vielleicht peinlich! Wo war bitte das berühmte Mauseloch?

Im nächsten Gang ließ ich den Wagen los, als hätte ich mich verbrannt, und suchte mit klopfendem Herzen das Weite. Mein Kopf platzte fast. Wahrscheinlich hielt man mich für eine amateurhafte Ladendiebin mit schlechtem Gewissen. Bei den Zeitschriften hielt ich an und fächelte mir hektisch Luft zu. Eine Verkäuferin warf mir einen merkwürdigen Blick zu, lief aber weiter.

Ich warf einen Blick auf die Uhr. Mist, schon so spät! Wo war nur der verflixte Wagen abgeblieben? Und meine Handtasche? Mein Geldbeutel? Mein Blutdruck war bestimmt schon auf 300 und ich würde gleich zwischen Dr.-Oetker-Backmischungen und den ersten Adventskalendern einen Herzinfarkt erleiden.

Als ich meinen herrenlosen Wagen endlich gefunden hatte, kamen mir fast die Tränen. Ich war fix und alle. Rasch machte ich mich auf den Weg zu den Kassen und traf unterwegs auf eine Frau, die wütend durch alle Gänge lief und etwas von einer „bodenlosen Frechheit" murmelte.

Unwillkürlich zog ich das Genick ein. Das war sie sicher. Die Jeanshandtaschenbesitzerin mit der ungenießbaren Menüzusammenstellung.

Ich stakste auf wackeligen Beinen zur Kasse und stellte mich an der genau entgegengesetzten Schlange an.

* * * * *

„Wie bist du denn drauf?" fragte mich Holger erstaunt, als ich mit verbissener Miene meine Tüten in die Küche schleppte.

Ich warf ihm einen vernichtenden Blick zu. „Leider bleibt der Wochenendeinkauf ja auch noch an mir hängen, während sich der gnädige Herr wer-weiß-wo amüsiert", giftete ich.

„Moment mal, ich habe heute dein Auto zum Schrottplatz transportiert", entgegnete Holger empört. „So lustig war das nun auch wieder nicht."

Ich schlug mir mit der Hand auf die Stirn. „Mist, das hatte ich total vergessen. Tut mir leid."

Ohne, dass ich etwas dagegen tun konnte, kamen mir die Tränen.

„Hey, was ist denn los?" fragte Holger erschrocken und nahm mich in den Arm.

„Es tut mir so leid. Ich wollte dich nicht anmotzen", schniefte ich in sein T-Shirt.

„Jetzt beruhige dich erst einmal." Holger zog mich zum Sofa und drückte mir ein Taschentuch in die Hand. „Erzähl!"

Ich putzte mir geräuschvoll die Nase. „Dieser Friedrich zieht wirklich alle Register. Ich glaube, der sucht krampfhaft nach einem Grund, um mich loszuwerden und statt dessen seine Nichte einzustellen."

Ich berichtete, was Sandra mir erzählt hatte.

Holger war baff. „Was für ein Geklüngel! Da bist du echt in etwas reingeraten."

„Tja, von Tante Hilde ist noch nie etwas Positives gekommen", bemerkte ich boshaft.

„Gibt es Neuigkeiten von deinem Chef?" fragte Holger.

„Sieht schlecht aus. Er hat noch einige schwere Operationen vor sich und danach muss er zur Reha. Es kann noch mehrere Monate dauern, bis er wieder in der Firma auftaucht, wenn überhaupt. Das werden harte Zeiten für mich", prophezeite ich düster.

„Ich will dir ja nicht reinreden, Alexa ..." meinte Holger vorsichtig.

„Dann lass es auch", unterbrach ich ihn.

* * * * *

„Guten Morgen, du Murmeltierchen! Hast du gut geschlafen?" weckte mich Holger sanft.

Mühsam öffnete ich ein Auge. „Wieso weckst du mich denn auf? Ist es schon so spät?"

„Nein, spät ist es noch nicht. Aber ich habe eine Überraschung für dich!"

Schlagartig war ich wach.

„Was denn für eine Überraschung?" fragte ich neugierig.

„Wirst du schon sehen", meinte Holger geheimnisvoll. „Pack ein paar Sachen ein. Wir machen einen Ausflug und kommen erst morgen Abend zurück."

„Wohin denn?"

„Das ist ja eben die Überraschung, du Dummi", sagte er und stupste mich liebevoll auf die Nase.

Keine zwei Stunden später waren wir bereits auf der Piste. Die Fahrt ging Richtung Süden. Ich war wirklich gespannt, was Holger sich ausgedacht hatte. So sehr ich ihn auch löcherte, er verriet kein Sterbenswörtchen. Wie aufregend!

Der Bodensee kam in Sicht und mir kam ein Gedanke. Prüfend schaute ich ihn von der Seite an und er lächelte betont harmlos zurück.

„Sag jetzt nicht, dass wir zu Gisela und Erich fahren", sagte ich und hielt den Atem an.

Holger lächelte immer noch betont harmlos und sagte gar nichts. Aber das Zucken um seine Mundwinkel verriet ihn.

„Wir treffen uns mit Gisela und Erich?" bohrte ich sicherheitshalber noch einmal nach.

„Richtig geraten!"

Ich stieß einen Freudenschrei aus und hopste wie ein Derwisch auf meinem Sitz herum. Wie schön! Ich freute mich riesig auf die beiden.

„Wann hast du sie denn angerufen?" wollte ich aufgeregt wissen.

„Als du gestern Abend bereits um neun auf dem Sofa eingeschlafen bist, kam mir der Gedanke, dass du nach dem Ärger der letzten Wochen eine kleine Aufheiterung vertragen könntest. Und wer könnte das besser übernehmen als die beiden?"

„Du bist ein Schatz!" seufzte ich aus tiefstem Herzen.

* * * * *

Nachdem wir uns lautstark begrüßt hatten, köpfte Erich zur Feier des Tages eine Flasche Sekt.

„So schnell sieht man sich wieder. Kinder, ist das schön", freute sich Gisela, die mit einem sonnengelben Minirock und dazu passendem, tief ausgeschnittenem Top wieder gewagt gekleidet war.

Ich strahlte und erhob mein Glas. „Auf die coolsten Camper im Universum und ein feuchtfröhliches Wiedersehen!"

Wir ließen die Gläser klirren.

„Habt ihr Hunger?" fragte Erich.

„Was für eine Frage", fiel ihm Gisela ins Wort. „Wo die beiden doch schon so früh aufgestanden sind. Jetzt gibt es erst einmal etwas Leckeres zu essen!"

„Kann ich helfen?" erkundigte ich mich.

„Nein, aber du darfst mir natürlich gern Gesellschaft leisten", meinte Gisela und verschwand im Wohnmobil.

Ich folgte ihr und setzte mich in die gemütliche Essecke, während Gisela energisch zu hantieren begann.

Sie musterte mich prüfend. „Siehst blass aus!"

„Ich habe nur gerade ein bisschen Stress im Büro. Halb so wild", wiegelte ich ab.

„Mir brauchst du doch nichts vorzumachen, Herzchen. Sind wir nun Freunde oder nicht? Außerdem macht sich dein Holger Sorgen um dich!"

Verblüfft schaute ich sie an.

„Manchmal tut es gut, einer unbeteiligten Person das Herz auszuschütten, meinst du nicht?"

Zögernd fing ich zu erzählen an, doch bereits nach kurzer Zeit hatte ich mich dermaßen in Rage geredet, dass ich immer wieder wütend mit der Faust auf den Tisch schlug, als wollte ich Herrn Friedrich zu Brei klopfen. Gisela unterbrach mich nicht, sondern stellte nur ab und zu zum besseren Verständnis eine Zwischenfrage.

Als ich geendet hatte, sah sie mich nachdenklich an.

„Wie lange hältst du das noch durch?"

„Keine Ahnung. Weißt du, ich habe mich so gefreut, dass ich den Job bekommen habe. Mein Chef ist total okay und mit den Kollegen komme ich auch super klar. Aber Herr Friedrich ...", ich schüttelte hilflos den Kopf.

„Herr Friedrich wird noch sehr lange Gelegenheit haben, auf deinen Nerven herumzutrampeln", wandte Gisela ein.

„Sicher, aber deshalb kann ich doch nicht gleich alles hinschmeißen. Ich muss eben noch ein bisschen durchhalten. Ich weiß, was ich kann und ich weiß, dass ich gut bin. Dem Friedrich werde ich es schon noch zeigen! Der kriegt mich nicht klein", schloss ich trotzig.

„Dein Durchhaltevermögen in allen Ehren, aber man muss

auch erkennen, wann es sich zu kämpfen lohnt. Du weißt nicht, ob dein Chef jemals wieder in die Firma zurückkehren wird und nach allem, was du mir erzählt hast, wirst du Herrn Friedrich nie und nimmer für dich einnehmen können. Du kannst schuften, kriechen und dich selbst verleugnen, aber bringt dich das wirklich weiter? Nein, Schätzchen, Herr Friedrich hat in dir das ideale Opfer gefunden und er wird mit Freuden austesten, wo deine persönliche Schmerzgrenze liegt."

„Aber was soll ich denn jetzt tun?" fragte ich verzweifelt.

Ich sah förmlich das Gesicht meiner Mutter vor mir, wenn ich das Wort ‚Kündigung' in den Mund nahm. Von Tante Hilde ganz zu schweigen. Dagegen waren Herrn Friedrichs Attacken wahrscheinlich noch liebevolle Komplimente.

„Halt die Augen offen, Alexa. Manchmal muss man eben auf holprigen Wegen ein Stück Umweg gehen, bevor man wieder auf eine asphaltierte Straße trifft. Aber falscher Stolz war schon immer ein schlechter Ratgeber."

„Was macht das Essen? Wir haben Hunger!" tönte es von draußen.

„Ist gleich soweit", rief Gisela zurück und drückte mir eine Salatschüssel in die Hand.

* * * * *

Nach einem wahrlich üppigen Mahl mit gegrilltem Fisch, frischem Brot und verschiedenen leckeren Salaten, brachen wir zu einem kleinen Verdauungsspaziergang zum See auf. Die Wellen plätscherten, Schilf wiegte sich leise raschelnd im Wind, und die allgegenwärtigen Enten bettelten laut quakend um Futter.

Ich atmete tief durch und fühlte, wie die Anspannung der letzten Wochen etwas von mir abfiel.

Erich hakte mich unter. „Na, was machen denn die Hochzeitspläne?"

Holger drehte sich grinsend zu uns um. „Das wüsste ich allerdings auch gern!"

„Blödi!" gab ich lachend zurück und meinte an Erich gewandt: „Wir haben uns noch nicht endgültig entschieden. Am liebsten wäre mir ein ungezwungenes Fest im Freien ohne großes Tamtam. Kalt-warmes Buffet, eine Band, kein Dresscode. Stellt sich nur die Frage, wo das Ganze stattfinden soll."

„Unser Vorgarten ist leider etwas zu klein", meinte Gisela augenzwinkernd. „Aber wenn wir euch sonst behilflich sein können?"

„Vielleicht kannst du Alexas Mutter Luft zufächeln, wenn sie erfährt, dass ihre Tochter weder kirchlich noch in weiß zu heiraten gedenkt", warf Holger spöttisch ein.

Gisela sah mich erstaunt an. „Deine Mutter weiß noch gar nichts von euren Plänen?"

„Nein", antwortete ich kleinlaut. „Genau genommen weiß noch niemand etwas davon. Ich wollte einfach verhindern, dass uns jemand reinredet. Schließlich ist es unser Fest."

„Tja, da hast du allerdings recht!" seufzte Gisela. „Wenn ich da an unsere Hochzeit denke, nicht wahr, Erich?"

„Ihr seid verheiratet? Das wusste ich gar nicht!" meinte ich verblüfft.

Erich grinste. „Giselas Kinder haben wirklich alle Hebel in Bewegung gesetzt, um die Hochzeit zu verhindern und haben energisch auf sie eingeredet, die Finger von diesem ... Wie haben sie sich ausgedrückt?" wandte er sich an seine Frau.

„Lüsternen Macho", antwortete Gisela verlegen.

„Ja, richtig. Sie sollte die Finger von diesem lüsternen Macho lassen", bestätigte Erich ungerührt. „Also sind wir wie zwei Teenager regelrecht durchgebrannt und haben in einem kleinen Dorf in der Rhön heimlich geheiratet. Nur wir beide und der Standesbeamte. Es war furchtbar neblig und der einzige Gasthof am Ort hatte nur noch ein winziges Dachzimmer frei."

Sie lächelten sich verliebt an.

Ich musste einen tiefen Seufzer unterdrücken. Wie romantisch! Vielleicht sollten Holger und ich doch irgendwo heimlich heiraten?

Holger sah meinen Gesichtsausdruck und verdrehte die Augen.

* * * * *

Der Abend verging wie im Flug. Nach einem fröhlichen Beisammensein mit diversen Gläsern Wein in einer gemütlichen Kellerschenke waren Holger und ich in unsere niedliche kleine Pension geschwankt, wo uns innerhalb von Sekunden der Schlaf übermannt hatte.

Am Morgen wartete bereits ein opulentes Frühstück auf uns. So ließ es sich aushalten!

Ich leckte genießerisch einen Tropfen Honig von meinem Finger und seufzte tief. „Können wir das nicht jedes Wochenende machen?"

„Nichts dagegen", mümmelte Holger mit vollem Mund.

Ich griff nach meinem Frühstücksei und klopfte es auf.

„Was hast du Gisela eigentlich von meinem Job erzählt?"

„Was meinst du?" fragte Holger.

„Sie war erstaunlich gut informiert", betonte ich.

„Ich mache mir eben Sorgen um dich, Alexa. Du bist nervös, gereizt, gestresst - der Job hat dich ganz schön verändert."

„Nicht der Job – Herr Friedrich", korrigierte ich ihn sofort.

„Für mich kommt unterm Strich dasselbe heraus", beharrte Holger. „Du bist nicht mehr die lustige, fröhliche Alexa, die nur Blödsinn im Kopf hat. Du bist mies drauf, grübelst herum … Manchmal denke ich, du bist meilenweit von mir entfernt. Wann haben wir das letzte Mal zusammen gelacht?"

Ich schwieg einen Moment. „Also hast du Gisela auf mich angesetzt."

„Das ist doch Quatsch. Aber manchmal hilft es einfach, einen Außenstehenden um Rat zu fragen. Konnte sie dir denn einen Tipp geben?"

Ich löffelte mein Ei aus und dachte nach.

„Was hat sie denn gesagt?" bohrte Holger hartnäckig nach.

„Dass man manchmal Umwege gehen muss, um ans Ziel zu kommen. Dass man Durchhaltevermögen und Sturheit nicht verwechseln darf. Und da hat sie ja auch recht. Aber ich bin mir so unschlüssig, was ich tun soll. Es war so furchtbar, arbeitslos zu sein, und der Job macht mir echt Spaß. Außerdem will ich Lohengrin den Triumph nicht gönnen, mich klein gekriegt zu haben. Aber wenn sein morbider Charme dann wieder über mich hereinbricht, weiß ich selbst nicht, wie lange ich das noch aushalte", meinte ich verzweifelt.

Holger seufzte. „Was für eine Zwickmühle. In deiner Haut möchte ich wirklich nicht stecken."

Ich grinste schief.

„Da haben wir etwas gemeinsam. Vielleicht heißt das Zauberwort ,Geduld'. Ich werde einfach die Zähne zusammen beißen und alles etwas lockerer sehen."

* * * * *

Das Wochenende mit Gisela und Erich war richtig lustig gewesen und so war mein Akku wieder etwas aufgetankt.

Ich war wild entschlossen, mir meine gute Laune nicht gleich wieder verderben zu lassen und hatte mir heute aufgrund meiner vielen Überstunden den Luxus geleistet, etwas später ins Büro zu kommen. Leider wartete dort bereits eine unerfreuliche Überraschung auf mich.

Eine mir unbekannte junge Frau saß unbefangen auf meinem Stuhl und blätterte interessiert in meiner Wiedervorlagemappe.

„Kann ich Ihnen helfen?" fragte ich irritiert.

Sie wandte sich mir zu und musterte mich ungeniert von oben bis unten. Als sie mir antwortete, schlug mir eine Knoblauchfahne entgegen, die mir fast den Atem nahm.

„Das Gegenteil ist wohl eher der Fall. Schließlich wurde ich zu Ihrer Entlastung eingestellt. Vanessa Friedrich, hallo!"

Ich glaubte meinen Ohren nicht zu trauen. Vanessa WER? Wie in Trance ergriff ich die mir entgegen gestreckte Hand.

„Alexa Roth."

Er hatte es also tatsächlich getan. Dieser Widerling! Dieses Ekel!

„Bin gleich wieder da!" murmelte ich wütend und verließ mein Büro.

* * * * *

„Hast du davon gewusst?" fragte ich Sandra aufgewühlt.

„Natürlich nicht!" antwortete sie entsetzt. „Was wirst du jetzt tun?"

„Ich habe keine Ahnung. Ich hätte nie gedacht, dass er es wagen würde, sich über Herrn Dr. Rehms Entscheidung hinwegzusetzen", meinte ich ratlos.

„Vielleicht weiß Karin Kurze etwas. Ich rufe sie an", sagte Sandra entschlossen, griff zum Telefonhörer und stellte die Mithörfunktion ein.

Es stellte sich heraus, dass Karin Kurze tatsächlich Bescheid gewusst hatte. Man hörte, wie unangenehm ihr die Situation war.

„Schon okay, Karin. Du hast nur deinen Job gemacht", beruhigte Sandra sie und legte wieder auf.

Wir sahen uns an.

„Tja, dann werde ich mein Schlachtross satteln und mich auf den Weg zu Lohengrin machen", seufzte ich.

„Du Arme", meinte Sandra mitleidig. „Viel Glück!"

* * * * *

Herr Friedrich hatte seine Nase in einer Fachzeitschrift vergraben, als ich sein Büro betrat.

Ich räusperte mich. „Haben Sie einen Moment Zeit?"

„Worum geht es?" fragte er, ohne aufzusehen.

Um die Ernennung zum größten Intriganten dieser Galaxie, dachte ich wütend.

„Anscheinend sind Sie der Ansicht, dass ich Unterstützung benötige", sagte ich geradeheraus.

„So ist es, Frau Roth", antwortete Herr Friedrich provozierend langsam und lehnte sich in seinem Bürostuhl zurück.

„Wie Ihnen sicher bekannt ist, war Herr Dr. Rehm mit meiner Arbeit sehr zufrieden", entgegnete ich heftig. Viel hatte ich ja nun nicht mehr zu verlieren.

„Diese Ansicht kann ich leider nicht teilen." Herr Friedrich lächelte milde. „Bitte erleichtern Sie Ihrer neuen Kollegin den Einstieg. Sie wird die Organisation der Sicherheitstrainings übernehmen, während Sie weiterhin die Sekretariatsaufgaben wahrnehmen werden. Haben Sie noch Fragen zur Arbeitsaufteilung?"

„Nein", versetzte ich zähneknirschend.

Lohengrins Nichte würde also die Früchte meiner Werbebriefe ernten und sich somit profilieren können, während ich weiterhin für Herrn Friedrich die Deppenarbeit machen durfte. Zweiter Sieger. Prima!

Beim Hinausgehen warf ich wütend die Tür hinter mir zu.

* * * * *

Als ich zurückkam, wurde gerade ein weiterer Schreibtisch in meinem Büro aufgebaut. Ich war sprachlos. Herr Friedrich verschenkte wirklich keine Zeit. Jetzt hatte ich meine Rivalin auch noch den ganzen Tag in Riech- und Sichtweite. Oder besser gesagt, Herr Friedrich konnte von nun an minutiös überwachen, womit ich mich den ganzen Tag beschäftigte.

Ich riss mich zusammen. „Hat Sie schon jemand durchs Gebäude geführt, Frau Friedrich?"

„Nein, bis jetzt noch nicht. Ich bin übrigens Vanessa!"

„Alexa", sagte ich widerwillig. Jetzt musste ich mich mit Friedrichs Sippe auch noch duzen. Aber ein ‚Nein' hätte mir das Leben sicher auch nicht gerade leichter gemacht.

Ich stellte Vanessa den Kollegen vor und bemühte mich, gute Miene zum bösen Spiel zu machen. Mein Lächeln gefror allerdings bald zur Maske, als Vanessa in jeder Abteilung stereotyp wiederholte, man müsse mich dringend entlasten, sonst könne ich ja bald mein Feldbett in der Firma aufschlagen.

Sehr witzig. Ich hätte ihr liebend gern ein paar Pflaster kreuz und quer über den stark geschminkten Mund geklebt.

Vielleicht wäre der Knoblauch-Duft dann auch nicht ganz so stark durchgedrungen. Irgendwie hatte ich das dumpfe Gefühl, dass mir die wirklich harten Zeiten erst noch bevorstanden.

* * * * *

Bereits in der ersten Woche brachte mich Vanessa fast an den Rand des Wahnsinns. Ich redete mir den Mund fusselig, um sie in die Geheimnisse der Sicherheitstrainings einzuweihen und erklärte ihr mehrmals Schritt für Schritt, wie sie vorgehen und welche Informationen sie vom Kunden abfragen musste.

Da sie sich nichts aufschrieb, brachte sie spätestens am nächsten Morgen wieder alles durcheinander.

„Dieses Mädchen ist wirklich dumm wie Bohnenstroh", stöhnte ich.

Sandra grinste. „Sei doch froh, vielleicht ist sie wenigstens zu dumm zum Spionieren."

Ich lächelte gequält.

„Das wäre wahrlich schön. Dann hätte ich wenigstens eine Sorge weniger, denn seit sie da ist, ist meine Arbeit nicht weniger, sondern eher mehr geworden. Und glaub bloß nicht, dass Lohengrin mir eine Schonfrist einräumt, während ich seinen kleinen Rauschgoldengel einlerne."

In der Tat kannte Herrn Friedrichs Ideenreichtum, was weitere Aufgaben für mich anbetraf, keine Grenzen. Ich versuchte, sowohl ihm als auch Vanessa gerecht zu werden. Leider ging das nur auf Kosten meines Feierabends, wo ich aufarbeitete, wozu ich tagsüber nicht gekommen war.

Nebenbei bügelte ich noch Vanessas Fehler aus, die das Arbeiten wirklich nicht erfunden hatte. Abgesehen davon war sie zu ertragen. Dumm und faul, aber wenigstens nicht so intrigant, wie ich befürchtet hatte. In meiner Situation war man ja schließlich schon für Kleinigkeiten dankbar.

Wobei ich mich immer öfter fragte, warum ich mir das alles eigentlich antat. Wenn ich abends beim Essen fast über meinem Teller einschlief, schüttelte Holger nur noch den Kopf und verkniff sich jeden Kommentar.

* * * * *

Ich war gerade dabei, ein altes Beistelltischchen zu restaurieren, als Heidi anrief. Selbst mein liebstes Hobby war in letzter Zeit dank vieler Überstunden zu kurz gekommen.

„Weißt du schon, was du zu Tante Hildes Geburtstagsfeier anziehst?" fragte Heidi.

„Keine Ahnung! Irgendetwas aus meinem Fundus, ich habe sowieso keine Zeit, mir noch etwas Neues zu kaufen. Wozu auch", antwortete ich deprimiert.

Die Feier fand nächsten Samstag statt und das war genau das, was mir zu meinem Glück noch fehlte. Herr Friedrich tyrannisierte mich die ganze Woche über, meine Samstage gingen meistens für die Hausarbeit drauf und sonntags lag ich dann halb tot auf dem Sofa und fürchtete mich vor dem Montag.

Da Holger dieses Wochenende allerdings seinen Cousin in Frankfurt besuchte, den ich nicht ausstehen konnte, hatte ich beschlossen, die Hausarbeit etwas relaxter anzugehen und mich stattdessen lieber mit Schmirgelpapier und Farbe in meiner Werkstatt niederzulassen.

„Du Arme. Wie geht es eigentlich deinem Chef?"

„Frag lieber nicht", antwortete ich niedergeschlagen. „Die

Operationen sind nicht so komplikationslos verlaufen wie geplant. Momentan sitzt er im Rollstuhl und es ist fraglich, ob er je wieder laufen kann. Zudem ist sein Kommunikationszentrum stark angegriffen und er kann sich nur mühsam verständigen. Ich habe ihn vorgestern angerufen und mir sind fast die Tränen gekommen."

Es war einen Moment still am anderen Ende der Leitung, bevor meine Schwester antwortete. „Mein Gott. Warum trifft es eigentlich immer die Falschen?"

„Das frage ich mich schon lange, glaub mir!"

* * * * *

„... und dann habe ich mir noch einen neuen Dior-Lippenstift in Rosé gekauft. Ein Traum, wirklich. Ach, weißt du übrigens schon das Neuste? Eva und Roger haben sich getrennt ...", plapperte Vanessa fröhlich in den Hörer.

Ich versuchte, mich auf meine Arbeit zu konzentrieren und alles um mich herum auszublenden, was mir nur leidlich gelang.

„... nein, angeblich war es gar nicht seine Schuld. Aber Eva glaubt ihm jetzt natürlich kein Wort mehr ..."

Ich gab auf, holte mir einen Becher Kaffee und verzog mich für ein paar Minuten zu Sandra. Miro saß auch bereits auf ihrem Schreibtisch.

„Weißt du schon das Neueste?" fragte sie mich angewidert.

„Nein. Soll ich mich vorsichtshalber setzen?"

„Keine schlechte Idee. Die diesjährige Weihnachtsfeier fällt aus. Herr Friedrich hat nicht vor, den ohnehin hohen Alkoholkonsum seiner Mitarbeiter weiter zu steigern."

„Weihnachtsfeier? Es ist doch noch nicht mal richtig Herbst. Und welchen hohen Alkoholkonsum?" fragte ich begriffsstutzig.

„Er hat neulich in der Werkstatt eine total verstaubte Bierflasche gefunden", klärte mich Miro auf. „Daraufhin wurde die komplette Mannschaft zusammengetrommelt und ordentlich gebürstet."

„Das wird ja immer lustiger bei uns", meinte ich sarkastisch. „Wollen wir nicht eine Sammelkündigung abgeben? Ich würde mich dazu bereit erklären, das Schreiben zu formulieren."

„Also, wenn Herr Dr. Rehm nicht mehr wiederkommt – und danach sieht es ja leider aus – weiß ich auch nicht, ob ich in dieser Firma bis zur Rente bleiben möchte", meinte Sandra.

„Kein Problem, deinen Job übernimmt Vanessa dann auch noch", spottete ich.

* * * * *

Am Samstag war Tante Hildes großer Tag. Ich hatte lustlos meinen schwarzen Hosenanzug herausgekramt, festgestellt, dass ich wohl abgenommen haben musste, und in meinem Schrank vergeblich nach einem passenden Gürtel gesucht.

Heidi versprach, mir einen mitzubringen.

„Ich habe echt keine Lust", maulte ich.

„So schlimm wird es schon nicht werden", versuchte mich Holger zu trösten.

Ich warf ihm einen genervten Blick zu und schwieg den Rest der Fahrt über.

Hildes Feier fand in einer alten Ritterburg statt. Ich war wider Erwarten angenehm überrascht und sah mich mit leuchtenden Augen um. Der Catering-Service hatte den großen Rittersaal mit vielen Kerzen geschmückt und schwere, rote Brokatdecken zierten die Tische, die sich unter dem kalt-warmen Buffet fast bogen. Die blank polierten Ritterrüstungen rechts und links des offenen Kamins glänzten im Schein des Feuers. Trotz meiner Antipathie gegen Tante Hilde war ich schwer beeindruckt. Vielleicht würde die Feier doch ganz nett werden.

Heidi und Erik gesellten sich zu uns. „Das ist doch sicher ganz nach deinem Geschmack, Alexa!"

„Ich muss zugeben, dass ich Tante Hilde eine derart ausgefallene Location nicht zugetraut hätte", antwortete ich begeistert. „Wo ist sie überhaupt?"

Heidi sah sich um. „Da hinten, bei Frau Schrader."

Ich verdrehte die Augen und trottete gehorsam hinter meiner Schwester her.

Zum Glück lief die Begrüßung recht glimpflich ab. Tante Hilde begrüßte mich überraschenderweise sehr freundlich, als ich ihr brav gratulierte, und nahm mein Geschenk huldvoll entgegen. Trotzdem war ich froh, als ich mich wieder verdrücken konnte.

„Na, war das jetzt so schlimm?"

„Nein, schon okay", musste ich zugeben.

Wir stellten uns etwas abseits und beobachteten die anderen Gäste. Viele kannte ich gar nicht, wieder andere waren mir aus der lokalen Presse bekannt. Wen Tante Hilde alles kannte! Ich war wirklich erstaunt.

Nach dem ersten Gläschen Sekt begann ich mich zu entspannen. Vielleicht wurde es ja doch noch ein richtig netter Abend. Ich unterhielt mich angeregt nach rechts und links und schloss einige interessante Bekanntschaften.

Holger war im Getümmel verschwunden und auch Heidi und Erik sowie unsere Eltern hatte ich schon länger nicht mehr gesehen.

Als ich mich dem Dessertbuffet näherte, stand plötzlich Tante Hilde neben mir. „Hast du einen Moment, Alexa?"

Ich nickte und folgte ihr nach draußen ins Foyer. Mir wurde leicht mulmig. Was hatte das wohl zu bedeuten?

„Nun sieh mich nicht so an, als wollte ich dir den Kopf abreißen!" schalt sie mich lächelnd.

Ich lächelte unsicher zurück.

„Ich habe mich wirklich sehr darüber gefreut, dass du meiner Einladung dieses Jahr gefolgt bist, Alexa. Ich würde mich auch darüber freuen, wenn wir unseren dummen Streit begraben könnten. Weißt du, in meinem Alter hat man nicht mehr viel Zeit, Dinge in Ordnung zu bringen."

Ich schluckte und wollte etwas erwidern, aber Tante Hilde fuhr sogleich fort.

„Da ich dein Faible für Antiquitäten kenne, wollte ich dir einen Vorschlag ..." Sie brach ab und holte tief Luft. „Ich wollte ..." Sie stützte sich an der Garderobe ab und atmete hektisch.

„Tante Hilde, ist dir nicht gut?" fragte ich erschrocken. „Möchtest du ein bisschen an die frische Luft?"

„Nein, nein, es geht schon", winkte sie ab und fasste sich plötzlich ans Herz. „Oh, mein Gott!"

Ihr Blick wurde leer und sie sank langsam in sich zusammen.

Ich geriet in Panik. Was war mit ihr los? Ich lehnte sie mit dem Rücken an die Wand und fummelte hektisch in meiner Handtasche nach meinem Handy. Das konnte doch alles nicht wahr sein. Zitternd wählte ich die Notruf-Nummer.

„Hallo? Hier spricht Alexa Roth. Bitte schicken Sie sofort einen Notarztwagen zur Nippenburg. Meine 70-jährige Tante hatte einen Schwächeanfall!"

Hoffentlich kam bald jemand! Tante Hilde hielt sicher nicht mehr lange durch. Ihr Gesichtsausdruck war schmerzverzerrt und ihre Atmung ging flach. Mir rannen die Tränen übers Gesicht, während ich ihre Hand hielt und beruhigend auf sie einzusprechen versuchte.

Die Tür öffnete sich und Erik kam heraus. „Was ist denn hier los?"

„Erik, bitte warte am Tor auf den Notarzt. Tante Hilde hatte einen Schwächeanfall", schluchzte ich.

Erik fragte zum Glück nicht lange und verschwand sofort.

Die Minuten zogen sich endlos dahin. Ich fühlte mich unendlich hilflos.

Nach und nach wurden weitere Gäste auf uns aufmerksam. Meine Mutter drängelte sich durch die Menge, die geschockt um uns herumstand.

„Was ist passiert, Alexa?"

„Ich weiß auch nicht, Mom. Ich glaube, Tante Hilde hatte

einen Schwächeanfall", antwortete ich mit zittriger Stimme.

In diesem Moment kam der Notarzt mit zwei Sanitätern im Schlepptau. Tante Hilde wurde kurz untersucht und mit routinierten Griffen auf die Trage verfrachtet.

Meine Mutter drückte mir ihr Glas in die Hand. „Ich fahre mit!"

Innerhalb von wenigen Minuten war der ganze Spuk vorbei. Meine Anspannung ließ langsam nach und ich fühlte mich um Jahre gealtert.

* * * * *

„Wie geht es Tante Hilde?" fragte ich meine Mutter und fürchtete mich schrecklich vor ihrer Antwort.

„Den Umständen entsprechend. Ihr Zustand ist soweit stabil, aber es sind noch einige Untersuchungen nötig. Du hast sehr umsichtig reagiert, Alexa!"

„Das hätte doch jeder so gemacht", antwortete ich bescheiden. „Konntest du noch mit ihr reden?"

Meine Mutter verneinte. „Ich durfte nicht mehr zu ihr. Ich werde nachher in ihrer Wohnung ein paar Sachen zusammenpacken und ins Krankenhaus bringen."

„Ich komme mit", sagte ich sofort.

„Besser nicht, Alexa. Sie braucht jetzt viel Ruhe. Besuch sie in den nächsten Tagen, vielleicht geht es ihr bis dahin schon etwas besser."

Ich hoffte wirklich, dass dem so war.

* * * * *

Sandra starrte mich mit offenem Mund an. „Ist ja der Wahnsinn!"

Ich nickte. „Das kannst du laut sagen. Ich bin immer noch fix und fertig. Ich weiß gar nicht, wie ich mich heute auf meine Arbeit konzentrieren soll und Vanessas Geplapper macht es auch nicht gerade leichter."

140

„Wenn ich dir etwas abnehmen kann ...", bot Sandra sofort an.

Ich schüttelte den Kopf.

„Lass mal. Du hast doch selbst genug um die Ohren. Wenigstens hat Lohengrin diese Woche jede Menge Termine außer Haus und keine Zeit für größere Nervattacken. Sonst wüsste ich wirklich nicht, wie ich die Woche überstehen soll."

„Was wollte sie denn mit dir besprechen?" fragte Sandra gespannt.

„Ich habe absolut keine Ahnung. Unser Verhältnis war ja lange Zeit nicht gerade von Herzlichkeit geprägt. Aber wahrscheinlich erfahre ich bei meinem Besuch mehr."

„Halt mich auf dem Laufenden!" bat Sandra. „Dir passieren immer so spannende Dinge, dass mir mein eigenes Leben richtig langweilig vorkommt."

„Ich finde eine heimliche Liaison mit einem attraktiven Kollegen nicht gerade langweilig", zog ich sie augenzwinkernd auf.

Sie warf einen Radiergummi nach mir. „Du weißt doch, was ich meine."

Ich lachte. „Sicher. Aber ehrlich gesagt täte meinem Leben etwas Langeweile ganz gut."

* * * * *

Am Mittwoch machte ich mich am späten Nachmittag auf den Weg ins Krankenhaus. Zaghaft klopfte ich an Tante Hildes Zimmertür.

„Herein!" Ihre Stimme klang kräftig wie eh und je.

Ich schloss behutsam die Tür hinter mir. „Hallo, Tante Hilde!"

„Alexa! Schön, dass du mich besuchen kommst."

Ihrem Gesichtsausdruck nach schien sie sich wirklich zu freuen. Womöglich wurden wir noch die dicksten Freunde?

„Wie geht es dir denn?"

Sie winkte ungeduldig ab.

„Ich weiß gar nicht, was ich hier noch soll. Ich fühle mich prächtig! Aber die Ärzte wollen mich noch bis zum Freitag hier behalten. Ist das nicht furchtbar?"

Tante Hilde sah in der Tat nicht gerade krank aus. Tja, Unkraut verging wohl wirklich nicht. Sie musste wahrlich eine beneidenswerte Konstitution haben.

„Kurier dich lieber in Ruhe aus. Du hast uns letzten Samstag wirklich einen riesigen Schrecken eingejagt", meinte ich.

„War nicht meine Absicht. Ich hätte meinen eigenen Geburtstag auch lieber bis zum Ende mitgefeiert. Mittlerweile hat die liebe Verwandtschaft doch sicher schon das Erbe unter sich aufgeteilt. Aber da haben sie wohl Pech gehabt. Mein Platz im Jenseits wurde kurzfristig anderweitig vergeben."

„Aber Tante Hilde", entgegnete ich hilflos.

„Schon gut, Alexa. Ich kenne meine Pappenheimer schließlich nicht erst seit gestern. Aber um nochmals auf das Thema zurückzukommen, bei dem wir dummerweise durch meine kleine Unpässlichkeit unterbrochen wurden ..."

Sie machte eine Kunstpause und ich sah sie gespannt an.

„Ich hatte letzten Samstag Gelegenheit, mich längere Zeit mit deinem Freund über deine berufliche Situation zu unterhalten."

Überrascht sah ich sie an.

„Sehr netter junger Mann übrigens. Ich würde ihn nicht mehr von der Angel lassen".

Sie lächelte.

„Wie gesagt, ich wusste zwar von Andreas Rehms Unfall, aber dass sein Stellvertreter sich wie die Axt im Walde aufführt, konnte ich natürlich nicht ahnen. Holger hat mir deine derzeitige Lage geschildert und ich bin beeindruckt von deinem Biss und deinem Durchhaltevermögen."

„Ach, so schlimm ist es auch wieder nicht", wehrte ich bescheiden ab.

„Ich denke nicht, dass dein Freund zur Übertreibung neigt.

Ich weiß von deiner Vorliebe für Antiquitäten, Alexa, und ich möchte dir einen kleinen Handel vorschlagen. Um es kurz zu machen: Ich möchte dir etwas schenken, was mir sehr am Herzen liegt, weil ich weiß, dass du die Einzige bist, die es zu schätzen weiß. Ich würde mich sehr freuen, wenn du es annimmst."

Ich war total baff. Tante Hilde wollte mir etwas schenken? Nachdem ich ihr jahrelang aus dem Weg gegangen war?

Beschämt wollte ich etwas sagen, aber sie schnitt mir mit einer Handbewegung das Wort ab und kramte in ihrer Handtasche herum.

„Du kennst das alte Bahnwärterhäuschen in der Bahnhofstraße?"

„Das niedliche Backsteinhaus mit dem kleinen Garten?" fragte ich.

Sie nickte. „Das Haus gehört mir."

Ich war verblüfft.

„Das wusste ich gar nicht!"

Tante Hilde drückte mir einen Schlüssel in die Hand.

„Sieh es dir an und sag mir, ob du es haben möchtest."

Was? WAS? Das Haus? Sie konnte mir doch unmöglich ein Haus schenken wollen! Ich war total verwirrt.

„Aber Tante Hilde, ich kann doch nicht ... also, ich meine ... ein Haus!" stammelte ich hilflos.

„Sag jetzt noch nichts, Alexa. Sieh dir das Häuschen einfach einmal an. Wir reden dann noch einmal darüber, okay?"

„Okay!" stimmte ich unsicher zu. Das musste ich in der Tat erst verdauen.

Eine Krankenschwester steckte den Kopf zur Tür herein.

„Der Herr Professor kommt gleich nochmals zu Ihnen, Frau von Gleimitz."

Tante Hilde zog eine Grimasse und seufzte.

Ich schob meinen Stuhl zurück.

„Dann gehe ich jetzt wohl lieber. Weiterhin gute Besserung und vielen Dank für dein Angebot."

„Wiedersehen, Alexa. Bis bald!"

* * * * *

Bahnhofstraße eins – da war es! Ich stieg von meiner Vespa und setzte den Helm ab.

Das Häuschen war wirklich niedlich: Ein Backsteinbau mit einer kleinen Holzveranda davor und einem kleinen Garten, der aber leider total verwildert war. Langsam schob ich das Gartentor auf und ging auf das Haus zu. Meine Hand zitterte, als ich den Schlüssel ins Schloss steckte und herumdrehte. Die Tür quietschte schauderhaft. Wie aufregend! Man fühlte sich wie in alte Zeiten versetzt.

Neugierig betrat ich das Haus. Durch die geschlossenen Fensterläden drang nur gedämpftes Licht ins Innere des kleinen Raumes, aber was ich sah, machte mich fast sprachlos.

Wunderschöne, geschwungene alte Möbel, eine Seemannstruhe, diverse antike Leuchter und Kerzenständer, ein uralter Kinderwagen und viele andere Kostbarkeiten. Eine wahre Fundgrube!

Ich fuhr mit der Hand über die Intarsien eines Holzstuhles mit hoher Lehne. Wie schön und filigran die Muster gearbeitet waren! Leider war er ziemlich verstaubt und schrie geradezu nach einem neuen Anstrich. Mir zuckte es förmlich in den Fingern. Das Häuschen wäre eine ideale Werkstatt. Ich sah mir die anderen beiden Zimmerchen an, die ähnliche Schätze enthielten. Es musste einen Riesenspaß machen, hier zu arbeiten. Die ungeheure Präsenz der Vergangenheit, die aus jeder Ritze dieses Raumes strömte, zog mich total in ihren Bann.

Ohne auf meine helle Hose zu achten, setzte ich mich auf einen kleinen Holzschemel und ließ meine Gedanken einfach treiben. Ich stellte mir vor, wie die Bahnwärterfamilie vor hundert Jahren hier gelebt hatte, wie draußen die Damen mit ihren feinen Lederköfferchen auf den Zug gewartet und aufgeregt miteinander geplaudert hatten. Die kleine Tochter des Hauses hatte ihr Näschen voller Fernweh und Abenteuerlust an der Fensterscheibe platt gedrückt und das muntere Treiben beobachtet. Wie gern hätte ich in dieser Zeit gelebt!

Wehmütig kehrte ich in die Gegenwart zurück. Ich dachte an das Gespräch mit Tante Hilde und konnte es kaum glauben, dass sie mir solch ein großzügiges Angebot unterbreitet hatte. Worüber sie sich wohl mit Holger unterhalten hatte? Sie war erstaunlich gut informiert. Vielleicht hatte ich ihr die ganzen Jahre unrecht getan. Meine Sturheit hatte sie sicher sehr verletzt. Dabei hatte sie mehr für mich übrig, als ich auch nur ansatzweise geahnt hatte.

Mir wurde richtig schwer ums Herz, so sehr schämte ich mich für mein kindisches Verhalten der letzten Jahre. Und jetzt wollte sie mir ein Haus schenken. Konnte ich dieses Geschenk annehmen? Aber Gegenfrage: Konnte ich dieses Geschenk überhaupt ablehnen, ohne sie erneut zu verletzen? Ich zog mein Handy aus der Tasche.

„Hallo Holger, kannst du mal bitte in die Bahnhofstraße eins kommen?"

* * * * *

Kaum zehn Minuten später kam Holger zur Tür herein und sah sich fasziniert um.

„Tolle Atmosphäre", meinte er beeindruckt.

Ich nickte. „Sie hat mir einfach den Schlüssel in die Hand gedrückt und gemeint, ich solle es mir ansehen. Wahnsinn, oder?"

„Sieht nicht so aus, als wärst du ihr egal", meinte Holger.

Ich schwieg beschämt.

„Nimmst du an?"

Ich antwortete nicht sofort.

„Was würdest du denn an meiner Stelle tun?"

„Mich freuen, Alexa", antwortete Holger ernst. „Die Stadt versucht seit Jahren, ihr das Grundstück abzukaufen. Es gibt da wohl Pläne für ein Einkaufszentrum. Hilde will aber um jeden Preis verhindern, dass das Haus abgerissen wird."

Überrascht sah ich ihn an. Er musste sich wirklich sehr intensiv mit Tante Hilde unterhalten haben.

Ich sah mich nochmals um.

„Eigentlich habe ich mich auf den ersten Blick in das Haus verliebt. Es würde eine tolle Werkstatt abgeben, findest du nicht?"

„Oder einen kleinen Laden", meinte Holger betont beiläufig.

Einen .... Ich erstarrte.

„Was hast du eben gesagt?" fragte ich angespannt.

„Wäre doch ein nettes Ambiente für einen kleinen Laden, oder?" wiederholte Holger.

Die Bedeutung dieser Feststellung traf mich wie ein Hammerschlag. Ich wagte kaum zu atmen. Ein Laden! Ein Laden für antike Möbel und nostalgische Dekorationsartikel.

Hier, im Bahnwärterhäuschen in der Bahnhofstraße eins. Kein Herr Friedrich und keine Demütigungen mehr. Jetzt erst spürte ich, wie angespannt ich die letzten Monate gewesen war. Eine angenehme Ruhe breitete sich in mir aus. Wie hatte Gisela gesagt? Manchmal muss man eben auf holprigen Wegen ein Stück Umleitung gehen, bevor man wieder auf eine asphaltierte Straße trifft? Wie recht sie hatte!

„Alles klar, Alexa?" fragte Holger leise.

Ich strahlte ihn an. „Ich habe nie klarer gesehen!"

* * * * *

„Ich bin gespannt auf deine Entscheidung, Alexa", meinte Tante Hilde erwartungsvoll.

„Zuerst wollte ich dir für dein großzügiges Angebot danken", begann ich förmlich. „Holger und ich haben uns das Haus gestern angesehen. Es ist ein Traum, Tante Hilde! Die Vergangenheit ist dort so lebendig. Ich könnte stundenlang dasitzen und mir Geschichten über die damalige Zeit ausdenken. Also, wenn du mir das Haus immer noch schenken willst, würde ich sehr gern annehmen."

Vor lauter Aufregung bekam ich rote Wangen wie ein übereifriges Schulmädchen.

Tante Hilde lächelte.

„Das freut mich. Für mich hat das Haus einen sehr hohen ideellen Wert und ich möchte es in guten Händen wissen!"

Neugierig schaute ich sie an. „Woher hast du das Haus?"

Sie zögerte kurz und ihre Stimme klang nicht ganz fest.

„Der Sohn des alten Bahnwärters hat es mir nach seinem Tod vermacht."

Moment mal ... Das klang doch nicht etwa nach einer heimlichen Romanze? Prüfend schaute ich sie an. Tante Hilde wich meinem Blick aus. Treffer, versenkt! War das aufregend!

„Hast du schon eine Idee, was du mit dem Haus machen willst?" wechselte Tante Hilde das Thema.

„Ich würde gerne meine Werkstatt dort einrichten. Wobei Holger wiederum meinte, es wäre ein nettes Ambiente für einen kleinen Laden", fügte ich unbedarft hinzu.

„Aha, ein Laden", wiederholte Tante Hilde und zwinkerte mir verschwörerisch zu.

Irritiert schaute ich sie an und verstand gar nichts. Hatte ich etwas Falsches gesagt? Plötzlich fiel es mir wie Schuppen von den Augen. Holger und Tante Hilde. Die beiden steckten unter einer Decke! Das musste ich erst einmal verdauen.

„Das habt ihr euch ja schön ausgedacht", meinte ich überrascht.

Tante Hilde lächelte. „Es war Holgers Idee. Ich möchte mich hier nicht mit fremden Federn schmücken. Von mir kommt schließlich nur die ‚Hardware'".

Fassungslos schüttelte ich den Kopf.

„Ich kann es echt nicht glauben. Aber das Ambiente wäre wirklich traumhaft für einen kleinen Laden. Ich würde selbst restaurierte kleine Möbelstücke und nostalgische Dekorationsartikel anbieten. Und im Sommer könnte ich im Garten vielleicht noch ein paar Stehtische aufstellen und Eistee nach altem Rezept anbieten", meinte ich träumerisch.

Tante Hilde nickte anerkennend mit dem Kopf.

„Ich sehe schon, an guten Ideen mangelt es dir nicht."

Ich seufzte sehnsüchtig.

„So ein kleiner Laden wäre wirklich mein Traum."

Und dabei würde es vermutlich momentan auch bleiben. Immerhin war dieser Traum ja auch mit Kosten verbunden. Was im Klartext für mich bedeutete, dass ich vorläufig noch der Privatdepp von Herrn Friedrich bleiben und eisern sparen musste. Vielleicht hatte ich dann in zwei bis drei Jahren genug Geld auf der Seite, um den Sprung in die Selbstständigkeit zu wagen.

„Was spricht dagegen, diesen Traum zu verwirklichen?" fragte Tante Hilde interessiert.

Ich wand mich. Es sollte nicht der Eindruck entstehen, als wolle ich sie auch noch um Geld anbetteln.

„Der Zeitpunkt ist gerade nicht so günstig. Vielleicht bin ich in ein oder zwei Jahren soweit. Dann hätten Holger und ich auch noch genügend Zeit, das Häuschen zu renovieren", versuchte ich mich aus der Affäre zu ziehen.

„Wäre der Zeitpunkt günstiger, wenn ich dir mit einem kleinen Kredit unter die Arme greifen würde?" fragte Tante Hilde geradeheraus.

Ich wurde knallrot. Offenbar hatte ich schon weitaus besser gelogen. Ich schüttelte entschieden den Kopf.

„Danke, aber das kann ich unmöglich auch noch annehmen. Ich werde mir etwas Grundkapital zusammensparen und mich dann um einen Bankkredit bemühen. Ich muss eben einfach noch ein bisschen Geduld haben."

Tante Hilde seufzte.

„Ich würde es ungern riskieren, die Eröffnungsfeier deines Ladens zu verpassen, Alexa."

Ich wusste nicht, was ich darauf antworten sollte.

* * * * *

Die folgenden Tage war ich hin- und hergerissen. Mir schossen tausend Gedanken durch den Kopf. Konnte ich neben dem Haus auch noch Geld von Tante Hilde annehmen? Geld, das ich ihr wahrscheinlich so schnell nicht zurückzahlen konnte?

Ich fuhr noch zweimal zum Bahnwärterhäuschen, machte Skizzen, wie die kleinen Räume sinnvoll genutzt und eingerichtet werden konnten und verwarf anschließend alles wieder.

„Du machst mich wahnsinnig, Alexa", stöhnte Holger. „Wo ist das Problem? Sie hat dir ein – zugegebenermaßen – sehr generöses Angebot gemacht. Und zwar freiwillig. Warum nimmst du nicht einfach an?"

„Ich habe eben ein schlechtes Gewissen, weil ich mich jahrelang so dumm verhalten habe. Kannst du das nicht verstehen?" jammerte ich.

„Doch, aber wenn das kein Friedensangebot ist, dann weiß ich auch nicht!"

„Witzig – es müsste eher anders herum sein. Ich habe es verbockt, also müsste ich ihr eigentlich ein Haus schenken."

Holger schielte verzweifelt gen Himmel.

„Ihr beiden Sturköpfe habt es gemeinsam verbockt. Tut euch doch wenigstens jetzt gegenseitig einen Gefallen! Sie will nicht, dass das Haus abgerissen wird und du könntest darin einen Laden eröffnen. Also seid ihr doch quasi quitt", redete er auf mich ein.

„Aber ich kann unmöglich auch noch Geld von ihr annehmen", beharrte ich.

„Wieso nicht? Im Nirwana braucht sie es doch sowieso nicht mehr!"

„Du bist echt geschmacklos!" entgegnete ich entsetzt.

„Ich habe mir nur erlaubt, Hilde zu zitieren."

„Wieso zitieren?" fragte ich begriffsstutzig.

„Sie hat mich vorhin angerufen", sagte Holger beiläufig, als sei das die Erklärung.

„Ach! Und was wollte sie?"
„Deine Bankverbindung!"
Mir fiel die Kinnlade nach unten.

* * * * *

Eine Woche später war ich um sage und schreibe 25.000 Euro reicher. Ich musste den Betrag auf meinem Auszug mehrmals lesen und war kurz davor, neben dem Kontoauszugsdrucker in Ohnmacht zu fallen. Da ich nicht mehr in der Lage war, mich verständlich zu artikulieren, hielt ich Holger zu Hause nur mit zitternden Fingern den Ausdruck unter die Nase. Er nickte anerkennend.

„Alle Achtung, Hilde fackelt ja wirklich nicht lange!"

Ich schenkte mir wortlos einen doppelten Ramazzotti ein und nahm einen tiefen Schluck. Dann griff ich zum Telefon.

„Von Gleimitz?"

Ich räusperte mich. „Alexa. Hallo, Tante Hilde!"

„Hallo Alexa. Wie geht es dir?"

Ich sah ihr breites Grinsen förmlich vor mir.

„Ich habe gerade einen Blick auf meinen Kontostand geworfen. Beantwortet das deine Frage?"

Lachen am anderen Ende der Leitung.

„Ich hoffe, du bist nicht enttäuscht über die Summe."

Ich schüttelte den Kopf, obwohl sie das am Telefon nicht sehen konnte.

„So viel Geld kann ich unmöglich annehmen, Tante Hilde. Es wird Jahre dauern, bis ich es dir zurückzahlen kann."

„Möglich, dass ich das nicht erleben würde. Deshalb sollst du es ja auch nicht zurückzahlen, Alexa."

Mir klingelte es in den Ohren und ich nahm erneut einen tiefen Schluck.

„Was hast du eben gesagt?" fragte ich vollkommen perplex.

Tante Hilde lachte fröhlich.

„Du hast schon richtig verstanden. Keine Sorge, Alexa. Es ist absolut keine Verpflichtung damit verbunden – nur die Bitte, am Entstehen des Ladens teilhaben zu dürfen. Halt mich auf dem Laufenden. Das würde mich wirklich sehr freuen."

„Das ist doch wohl selbstverständlich. Ich weiß gar nicht, was ich jetzt sagen soll", meinte ich verwirrt.

„Ein einfaches ‚Danke' genügt vollauf. Ruf an, wenn es bezüglich unseres gemeinsamen Projekts etwas Neues gibt oder du Hilfe brauchst. Schönen Tag noch, Alexa."

Bevor ich noch etwas sagen konnte, hatte sie bereits aufgelegt. Ich schüttelte fassungslos den Kopf.

* * * * *

Die folgenden Wochen waren mit allerlei Aktivitäten ausgefüllt, sodass ich gar nicht mehr zum Nachdenken kam. Tante Hilde überschrieb mir das Häuschen und wir hatten uns darauf geeinigt, dass die Sache vorerst unser Geheimnis bleiben sollte.

Selbst Sandra erfuhr noch nichts von meinen Plänen, was mir wirklich schwer fiel. Ich hatte sie nicht nur als Kollegin, sondern auch als Freundin sehr lieb gewonnen. Herr Friedrich reagierte seine schlechte Laune nach wie vor an mir ab, konnte mich damit aber nicht mehr wirklich beeindrucken. Noch ein paar Wochen, dann war mein Job bei der Oss GmbH sowieso Geschichte.

Meine Arbeit war nicht weniger geworden und meine Abende verbrachte ich mit Planungen für die Hausrenovierung und die Eröffnung meines Ladens. Es gab unendlich viel zu tun. Ich besorgte mir einen Gewerbeschein, eröffnete ein Konto und machte diverse Großhändler ausfindig.

Holger kümmerte sich um die finanzielle Seite und stellte die Kosten für die Renovierung und die Ladeneinrichtung zusammen. Unsere to-do-Liste wurde jeden Tag länger und ich war Holger wirklich dankbar, dass er sich mit dem gleichen Elan in die Arbeit stürzte wie ich.

„Weißt du eigentlich schon, wie dein Laden heißen soll?" fragte er mich eines Abends, als wir wieder einmal eine Spätschicht in der Bahnhofsstraße eins einlegten.

„Bis jetzt ist mir der große Geistesblitz ehrlich gestanden noch verwehrt geblieben", antwortete ich. „Hast du eine gute Idee?"

„Eher nicht. Fantasievolle Wortschöpfungen sind doch eher deine Stärke."

„In diesem Fall muss ich bis jetzt leider passen. Den berühmten goldenen Mittelweg zwischen aussagekräftig und flippig habe ich noch nicht gefunden."

Wir arbeiteten eine Weile schweigend weiter.

„Alexas Antik-Fabrik?" schlug Holger vor.

Ich grinste. „Deine Kreativität in allen Ehren, aber ganz so abstrakt muss es dann doch nicht sein."

Holger überlegte. „Wie wäre es mit ‚Die Fundgrube'?"

„So heißt schon der Secondhand-Shop in der Hauptstraße. Wie findest du ‚Die gute Stube'?"

Holger verzog das Gesicht. „Klingt etwas verstaubt, oder?"

Er schulterte die Seemannstruhe und trug sie ins Nebenzimmer. Wir wollten alle brauchbaren Möbel vorerst in der künftigen Werkstatt zwischenlagern, um die beiden Verkaufsräume zuerst renovieren zu können. Die Wände sollten einen hellblauen Anstrich in Wischtechnik erhalten. Den relativ gut erhaltenen Holzboden wollte Holger nur abschleifen und neu versiegeln.

Während ich den Boden mit Folie abdeckte, ertönte ein triumphierender Schrei aus der Werkstatt. Holger erschien mit stolzgeschwellter Brust im Türrahmen.

„Was hältst du von ‚Der Holzwurm'?"

„Klingt nach ökologisch und politisch korrektem Holzspielzeug für spätere Waldorfschüler", meinte ich trocken.

„Du bist vielleicht anspruchsvoll", entgegnete Holger seufzend. „Ich dachte, es soll pfiffig klingen."

„Es klingt aber so, als ob meine wurmstichigen Möbel jeden

Augenblick zusammen brechen könnten", kicherte ich. „Diese Assoziation möchte ich lieber doch nicht erwecken."

Holger gab sich geschlagen und lachte mit.

* * * * *

Holger und ich standen vor der geöffneten Kühlschranktür und stopften uns wahllos Wurst und Käse in den Mund, als es an unserer Wohnungstür Sturm klingelte. Ich sah Holger irritiert an.

„Erwartest du jemanden?" fragte er nuschelnd.

Ich schüttelte den Kopf.

„Um diese Uhrzeit eher nicht!"

Ich tappte barfuß zur Tür und öffnete.

„Heidi, was machst du denn hier?"

„Wie siehst du denn aus?" beantwortete sie meine Frage entgeistert mit einer Gegenfrage.

Im Flurspiegel sah mir ein schmutziges Gesicht entgegen, das von wirren, blau beklecksten Strähnen umgeben war. Unwillkürlich musste ich lachen. Die Wahl zwischen Badezimmer und Küche war ob unserer knurrenden Mägen eindeutig ausgefallen.

„Ich habe schon dreimal auf deinen Anrufbeantworter gesprochen. Warum rufst du nie zurück? Ich habe mir schon Sorgen gemacht!"

„Komm rein. Willst du mitessen?"

Sie schüttelte den Kopf und musterte mein Outfit.

„Wollt ihr umziehen?"

Ich warf Holger einen schnellen Blick zu. Eigentlich wollten wir unser Projekt in diesem Stadium noch geheim halten. Andererseits hatte ich auch nicht den Nerv, meiner Schwester ins Gesicht zu lügen.

„Setz dich doch. Käffchen?" fragte ich seufzend.

* * * * *

Als ich geendet hatte, saß Heidi mit offenem Mund da.

„Kommt dir dieser Gesichtsausdruck irgendwie bekannt vor?" fragte ich Holger grinsend.

„Wow! Das hätte ich Hilde echt nicht zugetraut", meinte Heidi schwer beeindruckt. „Was sagen denn Mom und Paps dazu?"

„Die haben noch keine Ahnung und dabei wird es bis zur Eröffnungsfeier hoffentlich auch bleiben", beschwor ich sie eindringlich.

Die Gardinenpredigt mit den Schlagworten ‚Sicherheit' und ‚Rentenkasse' wollte ich mir gern noch etwas aufsparen.

„Kein Thema. Ich werde schweigen wie ein Grab. Wann geht es denn los?" fragte sie gespannt.

„Nächste Woche kommen die Handwerker, um die sanitären Anlagen zu modernisieren, übernächste Woche werde ich kündigen, die ersten Warenlieferungen kommen Ende des Monats und die Eröffnung ist zum ersten Advent geplant", leierte ich unseren Zeitplan herunter.

„Der arme Herr Friedrich. Hast du dir das auch gut überlegt, Alexa? Was soll er nur ohne seine persönliche Sklavin machen?" fragte Heidi mit vor Ironie triefender Stimme.

„Sich eine neue backen. Der Typ ist mir ehrlich gesagt genauso egal wie der Zwergenaufstand in Lummerland," gab ich grinsend zurück.

Meine Schwester lachte aus vollem Hals. „Du bist unmöglich, Alexa!"

„Wenn ich das als Kompliment auffassen darf – mehr davon", lachte ich mit.

„Hast du eigentlich schon einen Namen für deinen Laden?" fragte Heidi, als wir uns wieder etwas beruhigt hatten.

Ich seufzte. „Leider nicht. Das ist bis jetzt echt das Schwierigste an der ganzen Angelegenheit."

„Ich habe schon diverse Vorschläge gemacht, aber Madame ist sehr wählerisch", mischte sich Holger ins Gespräch ein und erzählte von seinen Misserfolgen.

Heidi überlegte.

„Ein klangvoller, aussagekräftiger Name, der nicht abgekupfert klingt?"

Ich nickte eifrig. „Du glaubst gar nicht, wie schwer das ist."

„Hmmm." Sie machte eine Pause. „Wie wäre es denn mit ‚La Patina'?"

Holger und ich sahen uns verblüfft an.

* * * * *

„Wie bitte?" Sandra starrte mich entgeistert an. „Du willst w-a-s?"

„Kündigen. Du hast schon richtig gehört."

„Alexa – das kannst du mir doch nicht antun! Hat dir Lohengrin jetzt endgültig den Rest gegeben?" Sandra stand die Verwirrung förmlich ins Gesicht geschrieben.

Ich strahlte.

„Nein, mit Herrn Friedrich hat es ausnahmsweise nichts zu tun. Ich werde einen Laden für antike Möbel eröffnen. Aber die Geschichte erzähle ich dir mal in Ruhe, okay? Jetzt muss ich Herrn Friedrich noch die frohe Botschaft kundtun", meinte ich fröhlich.

„Ach, er weiß noch gar nichts von seinem Glück?"

Ich schüttelte grinsend den Kopf.

„Der Arme!" meinte Sandra mitleidlos. „Wie lange erfreust du uns denn noch mit deiner Anwesenheit?"

„Bis Ende der Woche habt ihr noch das Vergnügen!"

„Donnerwetter, kurz und schmerzlos!"

Ich zuckte mit den Schultern.

„Ist bereits alles mit Karin Kurze abgesprochen. Gemäß Betriebsvereinbarung werden bei Kündigung des Arbeitnehmers Resturlaub und Überstunden nicht ausbezahlt."

Sandra pfiff durch die Zähne. „Ich habe echt keinen Text mehr!"

„Dann drück mir wenigstens die Daumen!" meinte ich und

machte mich auf den Weg zu Herrn Friedrich.

Schwungvoll öffnete ich die Tür zu seinem Büro und trat forsch ein. Niemand da. Nun, weit konnte er ja nicht sein. Hoffentlich kam er zurück, bevor sich meine Courage verabschiedete. Etwas mulmig war mir schon zumute, da ich seine Reaktion absolut nicht einschätzen konnte.

Das Telefon klingelte. Impulsiv griff ich nach dem Hörer. Dabei gerieten ein Papierstapel und das darauf liegende Filofax ins Wanken und stürzten zu Boden.

Mist! Ich ließ den Telefonhörer fallen, als hätte ich mich verbrannt, und bückte mich, um hektisch alles wieder aufzusammeln. Hastig griff ich nach dem Filofax, dessen Verschluss sich plötzlich öffnete. Mir fiel ein abgegriffenes Schwarz-Weiß-Foto entgegen.

Ich hielt inne und betrachtete es neugierig. Ein Hochzeitsfoto. War das etwa Lohengrin? Der grauenhaft ungepflegte Vollbart war also schon immer sein Markenzeichen gewesen. Aber warum schaute er nur so gequält in die Kamera?

Ich sah mir die strahlende Braut genauer an und konnte ein Grinsen nicht unterdrücken. Was hatte er sich denn da für einen Besen geangelt? Klein und gedrungen, Gaulgebiss und ein leichter ... okay, ziemlicher Silberblick. Das pompöse Rüschenkleid konnte da auch nicht mehr viel retten. Wie besitzergreifend sie ihre Hand auf seinen Arm legte. Wer zu Hause die Hosen anhatte, war also nicht schwer zu erraten.

„Was machen Sie da?" donnerte es mir zornig entgegen.

Ich zuckte erschrocken zusammen.

Wutentbrannt riss mir Herr Friedrich das Bild aus der Hand.

„Wie kommen Sie dazu, in meinen Sachen herumzuschnüffeln?"

Mühsam rappelte ich mich auf und wollte zu einer Erklärung ansetzen, kam aber wie üblich nicht zu Wort. Eine nicht enden wollende Schimpfkanonade prasselte wie saurer Regen auf mich nieder. Was für ein Albtraum!

Herr Friedrich war vor Zorn knallrot im Gesicht und

gestikulierte wild vor meiner Nase herum. Trotz meines Schreckens wurde ich langsam wütend. Dieser blöde Sack versaute mir meinen triumphalen Abgang, den ich mir seit Wochen in den schillerndsten Farben ausgemalt hatte.

Okay, dass er mich mit Tränen in den Augen um die Rücknahme meiner Kündigung bitten würde, wäre wahrscheinlich zu viel verlangt gewesen. Aber dass ich mir ein paar weitere verbale Ohrwatschen abholen würde, darauf war ich nicht vorbereitet gewesen. Das war zu viel!

„Stopp!" brüllte ich aufgebracht und erschrak über mich selbst. Immerhin trat der gewünschte Effekt ein: Herr Friedrich hielt verblüfft in seiner Tirade inne.

„Ich kündige", fügte ich in gemäßigterem Ton hinzu.

Lohengrin starrte mich mit offenem Mund an wie eine Forelle, die man gerade ihres natürlichen Lebensraums beraubt hatte. Nun, an Attraktivität gewann er dadurch nicht gerade.

Ich legte meine Kündigung auf seinen Schreibtisch.

„Würden Sie mir die bitte unterschreiben?"

Er warf kaum einen Blick darauf. „Wenn das Ihre Art der Gehaltsverhandlung ist, muss ich Sie leider enttäuschen, Frau Roth!"

Ich sah ihn verständnislos an. „Aber das ist überhaupt nicht meine Absicht!"

„Natürlich nicht!" Er lächelte mich herablassend an. „Auf so eine billige Erpressung falle ich ja schließlich auch nicht herein."

Billige Erpressung? Das war ja wohl der Gipfel der Unverschämtheit! Musste ich mir diese dreiste Unterstellung etwa bieten lassen?

„Würden Sie jetzt bitte meine Kündigung unterschreiben?" fragte ich ungehalten. „Und zu Ihrer Information: Abzüglich Urlaub und Überstundenausgleich bin ich noch bis Ende der Woche verfügbar, also teilen Sie mir bitte bis dahin mit, wie die Übergabe meiner Aufgaben erfolgen soll!"

Endlich bequemte sich Herr Friedrich, mein Schreiben einer

näheren Betrachtung zu unterziehen. Schweigen.

Meine Güte, wollte er die zwei Sätze etwa auswendig lernen? Meine Ungeduld wuchs und ich räusperte mich gereizt, um die Stille zu unterbrechen. Immer noch schweigend krakelte Herr Friedrich seinen Namen unter mein Schreiben.

„Sie erwarten ja wohl nicht, dass ich Ihnen für Ihren beruflichen Lebensweg alles Gute wünsche", sagte er schließlich eisig und gab mir das Blatt zurück.

„Was den Anstand einiger meiner Mitmenschen anbetrifft, habe ich sowieso bereits jegliche Illusion verloren", gab ich kühl zurück.

* * * * *

Nachdem Herr Friedrich keine Anstalten machte, sich um die Verteilung meiner Aufgaben zu kümmern, übergab ich alle laufenden Vorgänge in Eigenregie an Vanessa, die sehr betroffen auf meine Kündigung reagiert hatte. Im Stillen war ich zwar davon überzeugt, dass sie hoffnungslos überfordert war, aber letzten Endes konnte das nicht mehr mein Problem sein.

Für Freitag hatte ich einige Kollegen zu einer kleinen Abschiedsfeier eingeladen. Lohengrin hatte ganz zufällig einen Termin außer Haus, sodass die Stimmung nicht durch seine Anwesenheit getrübt war.

Trotzdem konnte ich ein paar wehmütige Gedanken nicht unterdrücken. Immerhin hatte ich auch schöne Zeiten hier erlebt.

Beim Gedanken an die gestrige Lachorgie mit Sandra und Miro musste ich unwillkürlich lächeln. Ich hatte es mir nicht verkneifen können, Lohengrins Ehefrau bis ins kleinste Detail zu beschreiben und die beiden hatten sensationsgierig gelauscht. Rache war schließlich süßer als Puderzucker.

Sandra schlug mit einem Kuli an ihr Sektglas und riss mich aus meinen Gedanken. Die Gespräche verstummten und sie wandte sich an mich.

„Ich hasse es, Reden zu halten, aber für meine Lieblingskollegin werde ich einmal über meinen Schatten springen. Liebe Alexa, wir haben dich sehr lieb gewonnen und bedauern es sehr, dass du uns verlässt. Du warst eine faire und lustige Kollegin und die Zusammenarbeit mit dir hat viel Spaß gemacht. Nichtsdestotrotz freuen wir uns für dich, dass du eine neue, spannende Aufgabe gefunden hast und wünschen dir viel Erfolg und immer volles Haus. Damit du uns nicht ganz vergisst, haben wir noch ein kleines Abschiedsgeschenk für dich."

Sandra umarmte mich ganz fest und ich musste mit den Tränen kämpfen.

Miro überreichte mir einen riesigen Blumenstrauß und einen Briefumschlag. Mit zitternden Fingern öffnete ich das Kuvert. Es enthielt zwei Eintrittskarten für ein Oldtimer-Autorennen auf dem Hockenheimring.

Ich war total gerührt.

„Leute, ich weiß gar nicht, was ich sagen soll. Ganz herzlichen Dank für das super Geschenk und für eure Hilfe und Unterstützung während meiner Zeit bei der Oss GmbH. Haltet die Ohren steif und vergesst mich nicht ganz. Und jetzt haut rein, das Buffet ist eröffnet!"

* * * * *

Ich fuhr vom Parkplatz der Firma Oss ohne noch einmal zurückzublicken. Zwei Kilometer weiter hielt ich in einem kleinen Wäldchen an. Ich stieg aus, lehnte mich gegen Holgers Kombi und atmete die würzige Luft tief ein.

Vorbei. Wieder ein Lebensabschnitt abgeschlossen. Wie sehr hatte ich während meiner Arbeitslosigkeit die relative Sicherheit eines festen Arbeitsverhältnisses herbeigesehnt und wie froh war ich jetzt, ihr wieder zu entkommen. Ich tauschte Sicherheit gegen Risiko ein, aber eben auch Vorgaben und Anweisungen gegen Kreativität und Eigenständigkeit. Endlich war ich wieder auf einer geraden Straße angekommen, mochte sie anfangs auch sehr steil bergan führen. Ein angenehmes Kribbeln breitete sich in meinem Körper aus.

* * * * *

Leise stand ich auf, um Holger nicht aufzuwecken. Es war kurz nach fünf, eigentlich viel zu früh, um aufzustehen. Aber egal, ich hielt es sowieso keine Sekunde länger im Bett aus. Die Aufregung ließ meinen Adrenalinpegel in ungeahnte Höhen schnellen. Der lang herbeigesehnte Tag war da: Heute würde ich endlich meinen Laden eröffnen!

Ich machte mir eine Tasse Kaffee, setzte mich an den Esstisch und ließ die letzten Wochen Revue passieren. Holger und ich hatten fast rund um die Uhr gearbeitet, um rechtzeitig zum geplanten Termin mit der Einrichtung der zwei Verkaufsräume fertig zu werden. Die beiden Zimmer erstrahlten in neuem Glanz und verbreiteten mit den himmelblauen Wänden und der indirekten Beleuchtung, die Holger installiert hatte, eine heimelige Atmosphäre.

Im kleineren der beiden Räume standen ein Schaukelstuhl sowie einige kleine Tischchen und Truhen, die ich selbst restauriert hatte. An den Wänden hingen verzierte Spiegel, Bilderrahmen und Wandlampen.

Die schlichten Holzregale im größeren Zimmer hatte ich mit dunkelblauem Samt ausgelegt und Blechdosen, Kerzenständer, Etageren und viele andere Kleinigkeiten ansprechend darauf aufgebaut. An geschwungenen Haken an den Wänden hingen antike Christbaumkugeln und Blechweihnachtsschmuck. Sogar einen Lieferanten für nostalgische Weihnachtskarten hatte ich in letzter Minute noch aufgetrieben.

Heidi hatte mich mit einem selbst entworfenen Türschild überrascht, das wir spät am Abend noch montiert und mit Tannenzweigen und einer Lichterkette weihnachtlich geschmückt hatten. Alles war perfekt! Ich las zum wohl hundertsten Mal unser Einladungsschreiben und war gespannt, wer heute alles auftauchen würde.

* * * * *

„Brauchst du noch lange? Wir müssen bald los, Alexa!" rief
Holger durch die geschlossene Badezimmertür.
„Ich komme gleich!"
Ich kämpfte hektisch mit meinen falschen Wimpern, trug
noch etwas dunkelroten Lippenstift auf und rauschte ins
Wohnzimmer, wo Holger bereits ungeduldig auf und ab ging.
Wie süß, er war genauso nervös wie ich!
„Fertig!"
Holger schaute mich bewundernd an. „Du siehst fantastisch
aus, Alexa!"
Ich strahlte glücklich. Wir hatten uns als besonderen Clou
zur Feier des Tages historische Kostüme ausgeliehen. Ich hatte
mir ein romantisches, grünes Samtkleid mit tiefem Ausschnitt
und weitem, schwingendem Rock ausgesucht. Dazu trug ich
schwarze Spitzenhandschuhe und meine wunderschöne Jade-
kette, die mir Holger einmal zum Geburtstag geschenkt hatte.
Auf meiner Hochsteckfrisur saß schräg ein neckisches schwar-
zes Hütchen.
Holger trug einen schwarzen Smoking zu einer längs ge-
streiften Hose und hatte einen Zylinder auf. Sein Gesicht zierte
ausnahmsweise ein Dreitagebart, der ihm ein äußerst mon-
dänes Aussehen verlieh.
„Also wenn ich dir nicht schon einen Heiratsantrag gemacht
hätte, könnte ich heute glatt schwach werden", meinte Holger,
nachdem wir uns gegenseitig ausgiebig bewundert hatten.
„Und wenn ich nicht schon ja gesagt hätte ...", setzte ich an,
als sich Holger plötzlich auf die Stirn schlug und mich spontan
im Kreis herumwirbelte.
Ich quiekte überrascht.
„Ich habe die beste Idee aller Zeiten, Alexa!"
„Könntest du mich wohl zwischendurch mal aufklären?"

161

schnaufte ich atemlos.

„Weißt du, wo und wie unsere Hochzeitsfeier stattfinden wird?" fragte er begeistert.

„Äh ... nein", antwortete ich irritiert.

„Bahnhofstraße eins?"

„Im ‚La Patina'?" fragte ich entzückt.

„Genau. Wir räumen den Laden aus, schmücken den Garten mit Lampions und richten das Fest im Stil der 20er Jahre aus. Du im sexy Charlestonkleid, ich im Frack. Was sagst du dazu?"

Ich war sprachlos. Das war die Idee!

„Du bist echt genial!" rief ich begeistert. „Das wird ein wunderschönes Fest. Wir leihen ein Grammophon aus und spielen alte Platten ab. Das ist echt eine super Idee!"

Freudestrahlend fiel ich ihm um den Hals.

„Oder wir engagieren gleich Max Raabe und sein Palast Orchester. Wenn schon, denn schon", meinte Holger grinsend. „Jetzt müssen wir aber los, sonst verpasst du deine eigene Eröffnungsfeier!"

Übermütig hüpfte ich ganz undamenhaft die Treppe hinunter.

* * * * *

Nervös beobachtete ich, wie Tante Hilde bereits seit geraumer Zeit energisch auf meine Mutter einredete. Heidi, die sich angeboten hatte, den Würzwein-Ausschank zu übernehmen, füllte Mom in regelmäßigen Abständen unauffällig das Glas auf.

Um die Bergpredigt bis zuletzt aufzuschieben, hatte ich meinen Eltern die Einladung erst gestern Abend mit schlechtem Gewissen in den Briefkasten geworfen.

„Das verzeiht sie mir nie!" jammerte ich an meinen Vater gewandt.

„Ach was. Sie lacht doch schon fast wieder!" Optimist!

Skeptisch analysierte ich Moms Gesichtszüge. Von einem

Lachen konnte zwar noch keine Rede sein, dennoch sah sie bereits deutlich entspannter aus als vor einer halben Stunde. Mit Paps im Schlepptau war sie wie ein Schlachtross in den Verkaufsraum gestürmt, um mich einem Kreuzverhör zu unterziehen. Tante Hilde hatte sie mit einem Seitenblick auf mich sofort beiseite gezogen und dankenswerterweise meine Verteidigung übernommen.

„Toller Laden, Alexa!" meinte Erik anerkennend.

Da ich wusste, dass mein Schwager mit Antiquitäten nicht viel am Hut hatte, zählte dieses Lob doppelt.

„Darf ich die Dame des Hauses einen Moment entführen?" Finn bot mir galant den Arm. Ich hängte mich lachend ein.

„Wo willst du denn mit mir hin?"

„Das verrate ich dir erst, wenn uns Holger nicht mehr hören kann", flachste Finn und zog mich nach draußen zu seinem Kombi. Er öffnete die Heckklappe und ich schaute mit großen Augen ins Wageninnere.

„Hast du einen Antiquitätenhändler überfallen?"

Finn grinste breit. „Was du mir alles zutraust! Nein, das ist mein kleiner Beitrag zu deinem großen Erfolg. Mein Cousin hat seinen Dachboden entrümpelt und da kam mir natürlich sofort meine Lieblingsnachbarin in den Sinn."

„Wie viel hast du dafür bezahlt?"

„Nichts, er war froh, dass er den Ballast loshatte", entgegnete Finn fröhlich.

Ich unterzog einige Teile einer genaueren Betrachtung.

„Aber da sind richtig wertvolle Stücke dabei", wandte ich ein.

Finn seufzte demonstrativ. „Du siehst Probleme, wo keine sind! Wenn es dich beruhigt: Es trifft keinen Armen."

„Okay", meinte ich zögernd. „Spendierst du mir auch noch die dazugehörige Alarmanlage, die ich ab jetzt brauche?"

Finn lachte. „Kein Problem! Ich stelle einen Hochsitz in deinem Gärtchen auf, wo ich höchstpersönlich jede Nacht Wache halten und potenzielle Diebe mit Stinktiersekret beschießen werde."

Ich musste lachen und umarmte ihn herzlich. „Spinner! Vielen lieben Dank, Finn! Dafür werfe ich dir auch mal wieder einen Stein in den Garten!"

Ein altes Wohnmobil tuckerte suchend die Straße entlang und hielt direkt neben Finns Kombi.

Gisela kurbelte die Seitenscheibe herunter. „Hallo Alexa, wo kann man denn hier parken?"

„Hey, was macht ihr denn hier?" fragte ich verdutzt. „Ich dachte, ihr seid über den Winter im Süden."

„Wir haben den Flug verschoben. So ein Event kann man sich doch schließlich nicht entgehen lassen", meinte Erich augenzwinkernd.

Uff! Noch mehr Überraschungen und ich brauchte dringend ein Riechfläschchen. Womöglich waren auch Sandra und Miro gar nicht auf Kuba, sondern kamen gleich mit dem Heißluftballon angeschwebt?

Gisela sprang aus dem Wohnmobil und drückte mich an sich. „Kinder, ist das schön, euch wieder zu sehen! Toitoitoi für deinen Laden, Alexa!"

„Danke! Komm, ich zeig dir alles!" Eifrig zog ich sie nach drinnen.

Gisela war total begeistert und sparte nicht mit Lob.

„Wunderschön, Alexa. Ich habe auch schon das ein oder andere Accessoire für unseren fahrenden Palast erspäht."

„Schau dich nur in Ruhe um. Magst du einen selbst gemachten Würzwein?"

Als ich mir von Heidi gerade zwei Gläser füllen ließ, piepste mein Handy. Eine SMS? Schnell las ich die Nachricht und musste unwillkürlich lächeln.

Heidi sah mich fragend an.

„Von Herrn Dr. Rehm. Er wünscht mir alles Gute zur Eröffnung und wird mich in den nächsten Tagen einmal anrufen. Wie lieb von ihm."

Ich war total gerührt.

Als ich die beiden Würzwein-Gläser vorsichtig nach drinnen balancierte, fand ich zu meinem großen Erstaunen Erich und Gisela ins Gespräch mit meinen Eltern vertieft vor. Meine Mutter redete lebhaft auf Gisela ein und sah ziemlich stolz aus. Offensichtlich hatte sie sich wieder beruhigt.

Ich reichte die Gläser weiter und fragte an Mom gewandt: „Hast du mal einen Moment?"

Wir gingen in die Werkstatt und ich schloss die Tür.

„Bist du noch sauer?"

Mom seufzte. „Nein, natürlich nicht. Ich hätte nur erwartet, dass meine Tochter etwas mehr Vertrauen zu mir hat. Aber Hilde hat mir ausführlich erklärt, dass das eine nichts mit dem anderen zu tun hat, also bin ich einfach nur noch stolz auf dich, mein Schatz! Die Hauptsache ist doch, dass du glücklich bist und der sichere Weg ist nicht immer der richtige."

„Danke, Mom!" erwiderte ich zerknirscht. Vielleicht hatte ich sie ja auch falsch eingeschätzt? Das schien sich so langsam zu meinem besonderen Talent zu entwickeln.

„Holger und du, ihr habt wirklich ganze Arbeit geleistet. Der Laden ist wahrlich etwas ganz Besonderes geworden. Und mit Hilde scheinst du dich ja richtig gut zu verstehen. Das freut mich sehr, Alexa!"

„Ja, Tante Hilde ist echt in Ordnung. Ich bin ihr wirklich sehr dankbar, dass sie mir diese Chance gegeben hat."

Mom nickte zustimmend mit dem Kopf. „Nachdem sie mir geschildert hat, dass du es dir nicht leicht gemacht hast, ihr Angebot anzunehmen, kann ich wohl davon ausgehen, dass meine Erziehung doch nicht ganz in die Hose gegangen ist. Aber lass uns unser Mutter-Tochter-Gespräch auf einen anderen Zeitpunkt verlegen. Deine Gäste warten."

Im Laufe des frühen Nachmittags mischten sich immer mehr Kunden unter Freunde und Bekannte. Ich hatte alle Hände voll zu tun und meine Kasse füllte sich zusehends. Mit so einem Ansturm hätte ich in meinen kühnsten Träumen nicht gerechnet!

Die Resonanz war durchweg positiv und ich beobachtete zufrieden, wie mein Sortiment kritisch geprüft und für gut befunden wurde. Offensichtlich hatte ich den Geschmack meiner Kunden genau getroffen.

Besonders die Weihnachtskugeln fanden reißenden Absatz und ich beschloss, noch heute Abend per E-Mail eine Nachlieferung zu bestellen.

Auch für die alte Seemannstruhe und den Schaukelstuhl hatte sich schon ein Käufer gefunden, der die Möbelstücke nächste Woche mit einem Mietwagen abholen wollte.

Alles in allem konnte ich auf meine gelungene Premiere wirklich stolz sein.

Um 16.00 Uhr schloss ich mit schmerzenden Füßen die Ladentür ab. Holger baute den Grill auf der Veranda auf und die winterliche Grillparty konnte beginnen.

Ich hatte mich gerade bei Familie und Freunden für ihr Kommen und für die vielen guten Wünsche bedankt, als Holger das Wort ergriff und lächelnd meine Hand nahm.

„Darf ich auch noch?"

Ich sah ihn überrascht an.

Holger wandte sich an die gespannt tuschelnde Menge.

„Keine Sorge, ich werde euch nicht mit einer endlos langen Rede langweilen. Aber ich finde, ihr alle solltet wissen ...", er machte eine lange Kunstpause, „... dass Alexa und ich nächstes Jahr heiraten werden!"

Augenblicklich verstand man sein eigenes Wort nicht mehr. Heidi fiel mir spontan um den Hals, Paps klopfte Holger zufrieden auf die Schulter und der Rest der Familie ließ uns begeistert hochleben. Mom hatte feuchte Augen, Finn bot sich sogleich als Trauzeuge an und Gisela und Erich sahen sich verliebt in die Augen.

Was für ein Finale! Mehr Adrenalin verkraftete ich heute einfach nicht mehr.

Ich zog mich unauffällig in den Garten zurück und genoss ein paar Minuten ganz für mich allein.

Wie hatte Mom gesagt? Hauptsache, du bist glücklich. Ich schaute nachdenklich in die Nacht. Ein paar Schnee-flocken rieselten vom Himmel und sanken weich zu Boden. Die Luft war schneidend kalt, aber klar. In meinem neuen Laden stieg eine fröhliche Party mit allen, die sich mit mir freuten und die mir wichtig waren. Ja, so fühlte sich das Glück an.

* * * * *

Dichtung und Wahrheit u n d DANKE

Die allerbesten Geschichten schreibt immer noch das Leben
selbst ... Ein paar der in diesem Buch geschilderten Szenen
haben sich tatsächlich genau so zugetragen. Auch einige
Personen aus der Realität habe ich mir für diese Geschichte
‚ausgeliehen' und lasse sie unter falschem Namen mitspielen.
An dieser Stelle überlasse ich es gerne meinen Lesern, darüber
zu spekulieren, welche Situationen oder Personen real sein
könnten und welche ins Reich der Fantasie gehören ...

Ganz herzlich möchte ich mich bei meiner Schwester bedan-
ken, die mir den entscheidenden Impuls gegeben hat, dieses
Buch zu schreiben.
Danke auch an meine Eltern, die – warum auch immer – hart-
näckig daran geglaubt haben, „dass ich es kann".
Des weiteren danke ich meinem Mann für seine Geduld am
Ablöser, bis das Titelfoto meinen Vorstellungen entsprach.

Und last but not least: Vielen Dank natürlich auch meinen
Leserinnen und Lesern, die dieses Buch gekauft haben.

Über Anregungen, Lob oder Kritik freue ich mich immer:

-> ihaug_vitaminb@web.de <-